大活字本シリーズ

風穴をあける

谷川俊太郎

JN119081

埼玉福祉会

風穴をあける

装幀　関根利雄

風穴をあける　目次

＊読む・書く　11

＊人 195

＊武満徹　331

読む・書く

書くこと

文字を習い覚えてから早くも二分の一世紀が過ぎ去ろうとしているが、私はいまだに字が上手にならない。さすがに自分の名前だけはくりかえし書いたおかげで、どうにかさまになっているけれど、それとてももしサイン会というあの嬉《うれ》しい強制労働がなかったら、現在の水準に達していたかどうかおぼつかない。

万年筆をかまえて、手にインクのしみひとつつけず、すらすらと原稿を書いているひとを見ると、劣等感におそわれる。私はBの鉛筆を握りしめ、一字一字ぎくしゃくと芯《しん》も折れんばかりのバカ力をこめてます目を埋めてゆく、そのうちに手はふるえだし、消しゴムのかすは机上に雪のように降りつもり、字を書く苦痛にせっかくのインスピレーションもどこかへ雲散霧消してしまう。

書くという行為には、心とからだの精妙な連動が必要だから、手が不器用であることは、重大なハンディキャップだ。世にでる前の若書きがりんご箱に五はいあるとか、三日書かないと書きたくて手がうずうずしてくるとかいうだれかれの噂を聞くたびに、私は自分のからだに巣くうDNAをのろうのである。

ここで話が昨今流行のワープロにうつっても無理はないだろう。昔からプールサイドでかっこよくタイプライターをたたく西洋の作家たちをうらやんできたし、理屈はちんぷんかんぷんながら、子どものころから機械がきらいではない私には、ワープロを忌避する理由はない。だが、鉛筆で書くのと、キイで文字をたたきだすのとは、想像以上の違いがありそうで、しばらくはためらっていた。

使い始めてみると果たして一筋縄ではいかない。言葉は頭とからだの中から、複雑にからみあう流れとしてでてくる。それが手を通して紙の上でかたちをなす。頭の中に前もって文章や詩ができあがっているわけではないのだ。考えや感じが文字となるその流れは時にほとばしり、時によどむけれど、慣れないとワープロはそれを阻みかねない。

ひらがなを漢字に変換するその僅《わず》かな後戻りないし中断も、書くエネルギーの流れを変える。基本的に音素であるアルファベットをつらねてゆく、英文や仏文とはそこが大きく異なることが分かった。ひらがなばかりを打ってゆくいわゆる平書き変換の場合も、初めからひらがな表記をめざすのならともかく、常に先行する文脈から次の文が生まれてくるものである以上、違和はまぬがれない。ひらがなだけの文章を、しかもブラウン管上に読むのは、うなぎを手づかみするようにたよりない。

ワープロで詩を書くことは、ちょっと試みただけであきらめた。詩には散文にもまして意識下のうねりのようなものが必要だからだ。タッチタイピングを完全に我がものにすれば、キイを打ちながら無意識の流れに身をまかせることも可能だろうが、将来はいざ知らず、現在の私には不器用な手を酷使するほうがまだましなように思える。二〇行や三〇行なら、私にだってそうは苦にならない。

大分以前に、三浦朱門《しゆもん》さんがソファにくつろいで膝《ひざ》の上のキイボードを打っている写真を見た。あれも私がワープロをほしくなったきっかけのひとつだ。机の上で歯をむきだしている原稿用紙から逃れるには、あの姿勢しかないと私は思いこんだ。ところがやってみると、私はギックリ腰になってしまった。ワープロを使いこなすには、ゴルフか水泳で足腰を鍛えておかねばならぬことを、私は学んだのである。

それでもまだワープロを手放さないでいるのは、リース料がもったいないという理由だけではなく、手書きが苦手な私には、他のひとにはどうでもいいようなことも、長所になり得るのではないかと思うからである。手書きで始めた子どももむけの戯曲を、迷いつつもワープロに切り替えてから、私はいろいろなことを発見した。

そのひとつは、書いたものに手を入れやすいということ、機能としてそうなっているのはもちろんだが、慣れない私にとっては、先へ進むのが難しい分だけ後のほうへ目がいく、たとえて言えば文章が直線的ではなく、渦巻き状に進んでゆくのだ。おかげでひとつのシーンを書くのに一週間もかかるのがしばしばだが、手直しをしながら書いてゆくのは、勢いはそがれるけれど、筆が、いやキイがすべるのを防ぎもする。

書くのが速いということがワープロのひとつの美点とされているが、きまりきった事務文書をつくるのならともかく、自分の文章を書く者にとっては、ワープロはむしろゆっくり考えながら書くのにむいている。ゆきつもどりつしながら書くのもひとつの書きかただということが分かる。字を書く苦痛に気をとられていた私には、この新しい筆記具が以前とは違う文体をもたらすというのが、あながち嘘とも思えないのだ。

しかしまた、筆記の方法によって左右されるほど自分の頭はやわなのだろうか、とも思う。万年筆にしろ、鉛筆にしろ、筆記具をほとんど透明なものとして使い切っている器用なひとたちには、こんな論議はこっけいだろう。だが、文字を書くのがきらいなおかげで、書くのがきらいなのだと信じこんでいる私には、これは意外に切実な問題なのである。

ワープロを手のうちにおさめれば、長編小説を書くのも夢ではないかもしれない、少なくともそれが私にはむいていないことが決定的に立証されるかもしれない、と私ははかない希望をいだいているのだ。その前にもちろんギックリ腰の効果的な予防法をみつけなければならないが。

昨年暮れから今年の前半にかけて、三冊の詩集と一冊のエッセイ集をだした。そのエッセイ集のあとがきにも書いたが、私はいまだに自分の散文の文体をもっていないような気がしている。詩の場合には意識してさまざまな文体で書き分けることを試みているけれど、そういうやりかたで散文を書くことは不可能だ。

散文は書き分けることができない。散文はただひとりの自分という個にその根をおろしていて、書き分けようとすれば、個は分裂してしまう。書いたものに生身の人間として責任を負わねばならないのが散文というものだろうと私は考えているが、その責任の負いようがなくなる。だが詩はもっと無責任なものだ、それは基本的にアノニムであっていい、個よりももっと広く深い世界に詩は属している。

こういう言いかたはもちろんある種の抽象であって、現実には詩によって詩人の思想が問われるし、作者の責任の問いようのない小説だってある。だが、詩、小説を問わず、生身の作者の容量を超えた嘘八百が文学の魅力の大半をなしているのは否定できない。嘘八百を書くことがまた作者の楽しみでもあり、そこにインスピレーションというとらえ難いものの働く余地がある。

私の言う散文は文学の形式とは関係なく、もっと等身大のものであり、自分を偽ることのできぬものである。そこに自分の文体をもっていないということは、私の考えが、まだほんとうに私自身の経験や行動にむすびついていないということだろうか。自分にひそむ何か一貫したものをまだ見出していないようなもどかしさがある。それを見出すのにワープロに頼るわけにいかぬのは、はっきりしているのだが。

一時私は「むだばなし」、「立ちばなし」というようなかたちで散文を書いてみたことがある。できるだけ話し言葉に近い文体で、肩の力を抜いて書こうとしたのだが、意図して選んだ文体にはどこかにわざとらしさがつきまとう。詩がうまく書けた時の自然な感じとは違う、一種の緊張から抜け出ることができなかった。世間話をするように散文を書くのが私の夢だが、私はまだそれができるほど世間が分かっていないようだ。

では、詩を書くには世間知らずでいいのかと問い返されそうだが、その答は保留させてもらう。子どもにもまがう無垢《むく》なエゴイズムによって、名作の生まれることもあるのが詩の世界だからであるが、また、人間のつくりだした複雑きわまる現実を抜きにして詩は語れぬからでもある。

〔出版ダイジェスト　1985・6・30〕

内臓されたことば

自分のことオレって言う女はいっぱいいるわ。「そうなのよ」なんて相槌《あいづち》をうつ男だってごろごろしている。別にホモセクシュアルじゃなくてもよ。あたしみたいに東京生まれの東京育ちがふだん使ってることばは、共通語って言うのが一番近いんだろうけど、これが味も素気もないことばでね、特に書きことばとなると（まあ今じゃ書く時はそれが詩であれ散文であれほとんどの人が共通語を使うけど）中性的なのよね。中性的ってのが男でもあり女でもあるっていうんならいいんだけど、これがそうじゃないのよ。男でもなし、女でもなし、むしろ無性的ってのが大部分。

ほら近ごろ元気のいいフェミちゃんたちってているじゃない、あらごめんね、あたしフェミニストって言いかた好きじゃないの、ナントカ主義者なんてすごーく男的だと思わない？　あたしはフェミちゃんたちの味方だけど、あの子たちの書いたり、言ったりすることばも時々無性的に聞こえるの、で、この無性的ってのは今の日本ではどっちかって言うと、男の側のことばなのよね。つまり科学的なことばだって気がするの。男を説得しようとするなら、そういうことばを使ってやらなきゃならないのも分かるけどさ。

女の使うことばイコール女ことばって具合に、ことばがはっきり分かれてる社会なら話がしやすいんだけど、今の日本はそういう役割分担がいろいろごちゃごちゃ混じりあってきてるでしょ、それなのにまだ、「……だわ」とか「……なのよ」って言うと、これはどうしても女的に聞こえる。あたしね、ひとりの人間が百パーセント男、百パーセント女ってのはあり得ないと思ってるの。そりゃ解剖学的に見れば、例外はあるにしても違いははっきりしてるわ。でも内面ていうか魂っていうか、目に見えないところでは、男的な部分と女的な部分はひとりの人間の中で時々刻々流動しながら混じったり、反発しあったりしてるんじゃないかしら。

男っぽいことば使う時、女は自分の中の男の部分を際立たせようとしてるだけ、その逆もまた真なり。だからあたしが女のことばって言っても、それは現実の女のひとが使うことばとは限らないの。ただし、ここが大事なんだけど、絶対に女しか使えないことばっていうのがあるのよ。それは「……だわ」とか「……なのよ」なんてセコイところにあるんじゃない、文体って言えばいいか、文脈って言えばいいか、意味内容って言えばいいか、とにかく女でなきゃ書けない文章、女でなきゃ言えないことってのがあるの。

それは男にとっては脅威だと思うわ。男には恐らく理解できないことばかもしれないし、だからこそ不快を感じることばかもしれないわね。そういう女のことばは、女の作家や女の詩人の書くものの中にも探せるし、夫婦喧嘩《げんか》の悪口雑言の中にだって見つかるわ。男の目から見るとそういう女のことばは、男がせっかく作りあげた秩序を無にしてしまいかねない混沌《こんとん》のようにも見えるでしょうね。でもそれだからすてきなのよ、本当の女のことばは。

そいでね、ここから先は眉《まゆ》に唾《つば》つけて読んでほしいんだけど、その女のことばの一番もとにあるのは、あたしに言わせれば喃語《なんご》なの、ほら、「ねえ」とか「いやん」とか鼻声で女が言うやつよ。これは文字で書いたってもう全然感じが出ないわね。どうしてあたしがそう思うかっていうとね、わけは簡単、男が一番口にしにくいことばだからよ。女々しいからいやだっていうんじゃなく、男のからだにそういうことばが入ってないのよ、だから男が「ねえ」とか「いやん」とか言う時は演技なの、擬娩《ぎべん》じゃないけど、女になりたがってるのよ、だけど絶対本当には女になれないの。

その喃語のそのまた奥に何があるかっていうとね、これはあたし使うのにちょっと抵抗のあることばなんだけど、いわゆるよがり声っていうのがあると思うの。そんなのことばじゃないって言われそうだし、英語じゃ確か make sounds って言うのね、エリザベス・テイラーが映画の中でそう言ってたわ、でもそういうことばとも言えない声がきっと女のあらゆることばの源にあるのよ。逆に言うと、むしろあらゆることばを無意味にしてしまうような声、内臓に内臓されたことば、男はあの声を喜ぶんだろうけど、同時に恐れもするのよ。

男のその時の声は女の声に比べればずっと貧しいわ。あたしの貧しい経験から言わせてもらえればね。あの時に女があんなに豊かな声をあげられるということが、女のことばを作ってる、なんて言うとまたフェミちゃんたちに叱られるかしら。男のことばは限りなく文節していこうとすることば、でも女のことばはそれに対抗する、むしろそれさえも包みこもうとする。これを女的なるものの聖化とはとらないでね、男のことばの限界に気づくことで、私たち男は自分自身を発見するのだから、なんてやっぱり地声が出てしまった。

〔ラ・メール　1986夏〕

「ドリームチャイルド」

「ドリームチャイルド」を観終わってまず一番先にしたかったことは、「鏡の国のアリス」の巻末におかれたあの詩を読み返すことだった。私の英語力をもってしても、その美しさが分かるほとんど唯一の英詩、脚韻という不思議なものが、読む者にほかでは決して得ることのできない切なさをもたらす詩……その情景が忠実に映像化されているというだけではなく、この映画全体がその詩に対する豊かな、美しい解釈だと思ったからだ。

夏ぞらのもとにボートはゆれ
夢《ゆめ》見るようにもためらっていた、
とある七月のゆうぐれ――

身ぢかに三人の子どもは坐《すわ》り、
かがやくひとみとすなおな耳で
わたしの話に聞きほれていた。

その青ぞらもいまはうすれた。
こだまはたえ、おもいでもほろび、
夏はきびしい秋の霜《しも》に追われる。

けれどいまもなお、まぼろしのよう
うつつの目にはうかがえぬ空のもと、
アリスはわたしをおとずれてくる。

かがやくひとみとすなおな耳の
あの子どもらも、わたしの話を聞こうとして
身をすりよせてくればよい。

魔法《まほう》の国で、子どもらは夢《ゆめ》を見ながら
眠《ねむ》っている、過ぎ去る日々のかたわらで、

眠《ねむ》っている、ほろび去る夏のかたわらで。

ながれをただよいくだりながら——
金いろのひかりのなかにためらいながら——
いのちとは、夢《ゆめ》でなければ、なんなのだろう？　（生野幸吉訳）

この詩を書いたとき、ルイス・キャロルことチャールズ・ドジソンは三〇歳、そうしてアリスは一〇歳、ドジソンの立場から書かれたこの詩を、八〇歳になるアリス・ハーグリイブス夫人の立場から描き直したのが、「ドリームチャイルド」だと言っても的はずれではないと思う。まぼろしのようにおとずれてくるのは、今度はドジソンのほうだった。

近づいてくる死、そして「不思議の国」アメリカでの思いもよらぬ体験、それが典型的なビクトリア朝人であるハーグリイブス夫人を長い間の抑圧から解き放つ。ドジソンの自分に対するロリータ・コンプレックス的な愛、それと切り離すことのできぬ詩の世界、だがそれは幼かったアリスが、とっくの昔に心とからだの奥で知っていたことだった。ドジソンに水をひっかけたアリスが、やがてまじめな顔で彼の胸にもたれかかるシーンは美しい。

詩人としてのルイス・キャロルは、「スナーク狩り」のようないわゆるノンセンス詩の作者として名高いが、彼にはまたそれとは全く趣を異にする「まじめな」系列の詩がある。それらの詩の多くに見られる感傷は、私には例えばフレデリック・デリアスやヴォーン・ウイリアムスの音楽などと同じくきわめて英国的なものに思える。

美しい自然を背景にして時の流れのうつろいを嘆くその感傷には、私たち日本人のもつ無常感に訴えかける要素が含まれてはいるが、感傷が制度化された日常と鋭く対立しているところに、大きな違いがあるように感じられる。アリスの母親リデル夫人の描きかたにも、それはかいま見られるのではないだろうか。

その意味で、キャロルの感傷とノンセンスの根はひとつであると言えぬだろうか。事実ここに引用した詩にも、アクロスティックというもうひとつの仕掛けがあって、原詩では各行の頭をつなげると、アリス・プレザンス・リデルの名が現れる。意味にがんじがらめにされた世界をひっくり返そうとするノンセンスと、日常の時間にしばられた現実をもっと大きくゆるやかな時の流れのうちに見ようとする感傷は、現世の秩序もまたかりそめのものに過ぎないということの、ささやかな主張であるともとれるのだ。

「ドリームチャイルド」は、そのような主張が、百年後の今日も力と美しさを失っていない、むしろますます必要になってきていることの証《あか》しだと思う。「不思議の国のアリス」初版のテニエルの挿絵に忠実でありながら、テニエルの絵にはない質感を見事に表現した、ジム・ヘンソンの「クリーチャー」も、現代日本ではしばしば楽しいもの、おかしいものとのみ考えられているノンセンスが、本来的にもっている無気味なエネルギーに満ちていた。「鏡の国のアリス」巻頭の詩で、キャロルは書いている。

私たちはみな年のいった子供たち
床につく時が近づくと　むずかるのだ

（高橋康也訳）

「ドリームチャイルド」は、老いと死についてのすぐれた映画であるとも言えるだろう。

〔「ドリームチャイルド」パンフレット　1986・11〕

本の恐怖

本というのは厄介なものである。そこには必ず何かが印刷されていて、我々はそれを読んだり見たりせずにすますことが出来ない。それが机の上であれ人の手の上であれ、本は何食わぬ顔をして我々を待っている。本は我々にポン引きみたいに声をかけるわけでもなく、身をくねらして媚態《びたい》を示すわけでもなく、おとなしくそこにいるだけなのだが、そこにいるというのが曲者《くせもの》なのだ。本は自分がそこにいることに十分な自信をもっている。自分に長い多彩な歴史があることをちゃんと知っているし、自分の中に何かしら未知なものが隠されていて、我々がいつかはその魅力に屈してしまうかよわい存在であることも知っている。

もし我々がブッシュマンの結婚について知りたいと思えば本を開かねばならないし、もし夕食に五香肉片をつくろうと思えば本を開かねばならない、何故かは知らないが日本工業規格について言及しなければならぬ羽目に陥ったら本を開かねばならないし、不幸にも土曜日の夜テレビに面白そうな映画がなかったら、やはり本を開くしかないのである。本の腹はとっくに読めている、本はその腹黒い腹の中でこう言っているのだ、私がいなかったらあなたがたの世界認識は危険なくらいかたよったものになりかねませんよ、私がいなかったらあなたがたの子どもはネアンデルタール人に逆戻りですよ、私がいなかったらあなたがたは退屈のあまり死んでしまいますよ！

だが私の知る限り、本を読んだおかげで世の中を複雑に考え過ぎて自殺した人はいても、本を読まなかったのが理由で死んだ人はいないし、たとえば四世紀の日本の農民がネアンデルタール人なみの知能しか持っていなかったとは信じがたい、また現在のいわゆる無文字社会の人々の世界認識が我々のそれよりも貧しいと主張する根拠が薄弱であるのは、彼等の豊かな口承の伝統を少しでも知っていればあきらかだ。とは言うものの、本に対して公平を欠くといけないから付け加えておくが、くやしいことにこれらの知識を私がもっぱら本から得ているという事実もまた否定できないのである。

本はいるだけで厄介なものであるが、厄介な点はそれだけではない。

本は我々が気づかぬうちに増殖もするのだ。本は一体いつの間に増殖するのか。我が家について言えばそれは主として午前一〇時三〇分ころから午後二時にかけてであると言ってよかろう。著者に雌雄の別はあるにしても、本そのものに雌雄の別はないから、本はアメーバのように無性で分裂増殖する。そして本を我が家にもたらすのはコウノトリではなく、騒々しい軽トラックないし第二種原付自転車である。本どもは養子縁組を頼んだわけでもないのに捺印《なついん》を要求した上で、図々《ずうずう》しく我が家に侵入してくる。

第一にしなくてはならないことは、そいつらの着ているものを脱がすことだ。ちかごろは衣装がまた凝っている、暖かそうなキルトのコートを着てるやつ、貞操堅固な処女のように前あきを化学糊《のり》でガチガチに固めたやつ、ご大層に二重三重に箱に入っている箱入り娘、読まれたがってうずうずしているくせに、本どもはたやすく裸にはなってくれない。包装紙の鋭いふちで手を切ることだってある。脱がせた衣装の処理がまた一苦労だ、あとあと使えそうな衣装は保存し、ビニールの下着は燃えないゴミ、紙の上着は燃えるゴミ、くずかごはあっという間に一杯になってしまう。地球上の森林資源は一体いつまでもつのだろうか。

さて次にくるのは、本の分類というそれだけで学位が取れるという難事業である。もっとも私は図書館学の学位を持っているわけではないから、分類は自己流だ。まず直ちに読みたい本というのがある、これは極めて数が少ない。次に出来るだけ早く読まねばならぬ本、出来たらいつか読んだほうがいい本、読んでも読まなくてもいい本、出来るだけ読まずにすませたい本、出来たら直ちに捨てたい本、という具合に分類は続くのだが、その下の小分類に詩集とその他の本の別があるのは、詩集だけは私は某大学図書館に寄付しているからであるが、伝染病患者を俗世間から隔離せざるを得ないのは、やむを得ぬことは言え楽しくはない。

分類がすんだからと言って本に直ぐ安住の地が与えられるとは限らない、監獄の前に留置場があるように、本はひとまず床の上に積み重ねられる。本棚と称せられている本にとってのホームに行き着くのはもっと後だ。ところが腹立たしいことに本は頑固な老人のように、あるいは才能のない芸術家のようにそれぞれの個性を主張したがる。私は本はその内容によって分類されて当然と考えているのだが、本自身はなんと身長によって分類されたがるのだ。ノッポの詩集とチビの詩集は同室を拒むし、レンブラントの画集とレンブラントについて書かれた本は、創作者と批評家さながら仲が悪い。

ともあれ本というものはみな自分を二枚目だと思っているらしい。顔付きは千差万別だが目立ちたがりやであるのに変わりはない。書店の店頭で本は未来の読者とお見合いをするのである。そこでは本はもっぱら容貌《ようぼう》で勝負に出る。立ち読みという姑息な手段によって読者は本の中身を知ろうと試みるが、なあに中身なんてものは一緒に生活してみないことには、おいそれと分かるものではない。読者はしばしばあまり気の合わない連れ合いを択《えら》んでしまうことになる。それも自業自得というものであろうか。

書店から身銭を切って我が家に連れ込んだ本はまだ始末がいい。気に入らなければすぐに別れてしまっても誰も文句は言わない。だが、我が家に押しかけて来た本の場合はことはそう簡単ではない。本が子とすれば子には著者という親がついている。親の自慢する子を二束三文でたたき売っては世間が許さない。とはいうものの、六畳に何千人という大家族を収容する能力のないのは分かりきってる。根太を補強するとか、本のために別宅を新築するとか、皆それぞれに苦労しているが、私がこの大問題をどう解決しているかということについては、ここでは触れたくない。ちかごろやっと快方に向かいつつある持病の鬱病《うつびょう》がぶり返すのは、あまり愉快とは言えぬからだ。

ここで本が人間の気づかぬところで、ほとんど見えない国家と呼ぶにふさわしい巨大な共同体を組織しているという事実を指摘しておくのも無駄ではないだろう。本は今や本自身の社会を営んでいる。極めて自己中心的でありながら、本はいざとなると実に見事に連帯する。この事実はたとえば大型書店の店頭で、たやすくこの目で確かめることが出来る。一冊の本は喜びだが、一万冊の本は悪夢だ。おまけに本どもは数で我々を圧倒するだけでなく、その内容の複雑極まるマトリックスとも言うべきものでも我々を畏怖《いふ》せしめる、強い縄張り根性がそれを分断することもままあるとはいえ。

なんでもいいのだが、たとえば桃太郎について少し知りたいと思ったとしよう、あなたは多分桃太郎のお話の筋は知っている、だが、それが果たして正確かどうか自信がない。そこでまず児童文学の分野にあたってみると、あるわあるわ筋も語り口も桃太郎の性格も少しずつ違う絵本やお話の本が何十冊と出てくる、そこで一体この話の原型はどんなものだったのだろうと、燃やさなくてもいい好奇心を燃やしたが最後、あなたが国文学、民族学、文化人類学などなどの迷路に迷い込むことは避けられない。本は本を引き寄せ、本は本を生み、参考文献のリストはネズミ算式に増え続け、我々はと言えば袋の中のネズミさながら、右往左往することになる。

我々は本に包囲されているどころか、本のしかけた罠《わな》にがっちりと手足をくわえこまれているのだ。本のおかげで手も足も出なくなったという経験は誰にでもあるだろう。生身の目と耳と鼻と手足だけで体験する世界ならどうにかやり過ごすことも出来ようが、本はそういう我々の無知につけこんでくる。この世には本さえ無ければ知らずにすむ知識や出来事が無数にある、ところが本があるおかげで人間はそれらを否応なしに知ってしまう。その結果どういうことになるかというと、心配事が増える。そしてその心配事を解決しようとして、またま た本を読むという悪循環に陥るのである。

今や書店は百鬼夜行のお化け屋敷と化している。書店に入って恐怖を感じない人間がいるだろうか。もはや我々は本無しでは知識を得ることが出来ない、本無しでは世界を認識することが出来ない、本無しで恋をすることも出来なければ、本無しでホウレンソウの種子をまくことすら出来なくなっているのだ。母親は子どもをしかる、テレビを消して本を読みなさいと、広告は消費者に訴える、本を読まなければ同僚に追い越されると、書店の本棚はひやかし客にささやきかける、これらの本をすべて読まなければあなたは現代世界の複雑さについて行けないと。

それでは我々を包囲している無数の本の恐怖に耐えきれなくなった人間がどこへ行くかと言えば、逆説的だが図書館へ行くのである。そこではすべての本がおとなしく管理され、ひっそりと並んでいる。図書館は本のモルグだ。つまり逆に言えばそこでは本が死んでいる代わりに、現実が生きていると我々に感じさせるある特別な空気がある。本は私有されていないから、あるいは私有を期待していないから、軽い。知識とか経験とか呼ばれるものが本来私有を拒むものであることを、我々は図書館で体験出来る。そしてなんのことはない、我々自身が本を増殖させる張本人だということに、そこで我々は気づかざるを得ないのだ。膨大な紙と印刷インクの集積が引き起こす本の恐怖を克服するには、本を所有するのではなく、本を読むことが必要だ。だが本を読むのは、それを買ったり見たり持ってることを自慢したりするのよりはるかに難しい。

そこで今夜も私は老眼鏡をかけ、電気スタンドを引き寄せて、本を開き、初対面の他人に会うようにおずおずとページをめくる。だがやがて黒い活字のもたらす多彩な幻影はほとんど夢と区別がつかなくなる。そうしていつか私は本の中で眠りこんでいる、それが幸せなのか不幸せなのかも分からずに。

〔ふるほんや　1987・3・31〕

「アマーストの美女」

初めてエミリー・ディキンスンの詩に出会ったのは、もうずいぶん昔の話だ。亡くなった安藤一郎さんの訳でいくつかを読み、その中の一篇に特に心をひかれた。

あのひとはわたしに触《ふ》れた、それでわたしは生きて知る
あのように許された日を、
あのひとの胸に探《さぐ》ったことを——

日本語という異国の言葉に移されたあとも、ディキンスンの独特な語調のもつ不思議な力は失われていない。あのひとがいったい誰なのか、あのようにとはいったいどのようになのか、許されたとはいったい誰にまたは何に許されたのか、数多い熱心なディキンスン研究家たちはいくつもの答を用意しているかもしれないが、どんな答を得たとしても、この数行の言葉の、あえかで、しかも強い存在感は損なわれない。

目に見える事物の現実の奥にある、目に見えぬ魂の現実をディキンスンは書いた。ディキンスンの詩の曖昧《あいまい》さは、魂の現実そのものから生まれる曖昧さだと言えるだろう。そこでは曖昧こそが魂の存在を保証しているのだ。どんなに解釈してもしきれない魂の奥深さに、私たちはひきこまれる。

ウイリアム・ルスは勇気ある作者だ。エミリー・ディキンスンのような内気なひとを、舞台の上にひきずり出したのだから。現実のエミリーがあのように雄弁に観客にむかって語りかけるなんて、あり得ないことなのに。だって彼女自身がこう書いているではないか。

話かけられないかぎり、私から話はしない
したとしても短く、低い小さな声で
声高に生きるなんて耐えられないし
大騒ぎはとてもとても恥ずかしいこと――

この芝居の魅力は、あえてこのような大きな矛盾をかかえこんだところにある。それは魂のひそやかな動きを、ひとりの女優のからだと声を通して私たちの目に見えるものにしようとする。詩人はひとりの生身の女となり、詩は日々の会話と混じりあう。だが、エミリーの詩はそこで少しでも傷ついただろうか。

傷つくどころかそのような虚構と演出と演技を背景に、「詩」はいっそうその真実の輝きをあきらかにするのだ。岸田今日子がエミリーの詩を声にするとき、詩集のページの上の活字で読むよりもはるかに豊かに、はるかに直截《ちょくせつ》に言葉は私たちの魂にとどく。「その時からこそ／言葉がまさに生き始める」

詩人は死すべきものだ、だが詩人の残した言葉は不死であることを、この芝居が私たちに教えてくれる。

〈「アマーストの美女」パンフレット　1987・10〉

なぜ「詩」を選ぶか

詩を書き始めたそもそもの始まりから、詩を選んだという意識は私にはなかった。十代の終わりころに詩を書き出したわけだが、詩人になりたいとか、文学で身を立てようという気はまるでなく、ただまわりにいた文学青年の誰彼の影響でなんとなく書き始め、いちばん親しかった友人、北川幸比古《さちひこ》が詩を書いていたから私も詩にむかったのだろうと思う。だが北川が小説を志していたら私も小説を書いたかというと、そうは言えそうもない。当時はそうは意識していなかったが、詩という形式は最初から私にむいていた。

小説を書かないかという誘いはしばしばあったし、私にも書けたら書いてみたいという気持ちはないでもなかったが、何篇かのいわゆるショートショートを除いて書けなかった。これからも多分書けないだろう。批評についても同じで、私は他人の作品にほとんどの場合、一介の読者としてしか向かい合わない。面白ければ楽しむし、つまらなければほっておく。もちろん自分なりの意見はあるけれど、他者を論ずることが自分の発見につながるというふうにはなかなかならない。通時的感覚よりも共時的感覚のほうが強く、小説も批評も書けないのが、私の詩の性質をどこかで規定していると思うが、それは私自身の資質によるので、その欠点は私も知っているつもりだ。

私が手がけてきた他のいくつかのジャンル、たとえば絵本や芝居、ラジオ、映画、ビデオなどについても、詩の場合と同じように、注文があったからなんとなく書き始めたというのがほとんどだと言ってい い。詩だけでは食えないから始めたものもあるし、制作者や知人にそそのかされて始めたのもあるし、ビデオのように、機械好きがこうじていつの間にか作品を作るようになったものもある。共通なのは少なくとも初めのうちは、私がそれらを殊更に詩とは違った形式であるとは考えなかったことだ。

出来るものはまずやってみて、それから考える、そんなしかたで私はすべてをやってきた。選ぶという言葉から感じさせられるはっきりした主体性は、どうやら私には欠けているようだ。だからと言って、私が詩を選んだのではない、詩が私を選んだのだと格好をつける気はないが、自分が自分で思っているよりもはるかに無意識の部分の大きい人間らしいということには、今では私も気づいている。おそらくは意識よりも無意識が私という人間を作っていて、そこから生まれてくるものが、少なくとも形の上では詩であろうとなんであろうとかまわないと私は思っているのだ。逆に言うと、無意識というものの広さ深さは、詩の広さ深さに等しいと考えているのかもしれない。意識はその解説ないしは釈明に近いものとして、後からやってくる。

若いころは、もし他に出来ることがあれば詩を捨てたってちっともかまわないと思っていた。他に何も出来ないからしかたなしに詩によって社会に参加しているのだと考えていた。だがいつのころからか、私は詩を捨てられなくなっている。詩を書くことが大袈裟《おおげさ》に言えば天職ではないかと思うようになっている。詩が社会に参加せず、社会から孤立しそれを破壊することだってあっていいと思い、そんな力を詩にもたせたいと願っている。

形式と呼ぼうとジャンルと呼ぼうと、定型を離れた現代詩がその姿と内容をあいまいにしていることは否めない。なぜ「詩」を選ぶかという問いには、まず詩とは何かを定義する必要があるが、それがあまり実りのない試みであることは誰もが知っている。自分が書いた行分けの数行が現代散文の数行に如《し》かないと思うことも稀《まれ》ではない。だとしたら何をもって詩とすればいいのか。先日たまたま小学校の授業記録で「ほそい　がらす」と題された八木重吉《やぎじゅうきち》の短詩に接した。

ほそい
がらすが
ぴいん　と
われました

「細いガラスがぴいんと割れました」と表記すれば、この四行はたちまち散文の中に埋もれかねない。この四行を辛うじて詩にしているもの、それは作者の意志ではないかと私は思った。すでに存在している「詩」を選ぶというよりは、これが詩だと闇雲に主張することで、ある言葉の連なりを他から区別する。そのとき詩は言葉で定義されるものではなく、作者のそして我々日本語を母語とする者すべての心身にひそむある種の無意識状態と言える。もし本当にそこから、言いかえれば宮沢賢治の言う「無意識即」から書くことが出来たら、どんな形をしていようとそこには詩が出現するだろう。

だが短歌、俳句などの定型の伝統を選ぶ道を私はとりたくない。七五から離れることで私たちは詩の秩序を失ったかもしれないが、同時に大きな混沌《こんとん》を得たのだ。その混沌のうちにひそむ可能性を私は信じている。もうひとつ、我々のいわゆる現代詩もまた、広義の「詩的なるもの」にその根を下ろしていると思うが、その「詩的なるもの」からいかにして「詩」を析出させるかということが、変わらぬ課題であるのは時代を問わないと思う。

〔詩学　1988・11〕

マザー・グースの言葉遊び

「マザー・グース」は英米語圏のナーサリ・ライムにつけられた、いわば愛称ということになるでしょうか、平野敬一さんはナーサリ・ライムを「子供部屋の唄」と訳しておられますが、日本における同種のものからの連想で「わらべうた」と言っても大きな間違いはないと思います。けれど日本の伝承わらべうたとマザー・グースを比べると、実は決定的な違いがひとつあります。それはライム、すなわち押韻ということです。

日本のわらべうたにも例えば、

かんかんづくしを　たずねたら
みかん　きんかん　さけのかん
おやじやかんで　こはきかん
すもうとりはだかで　かぜひかん
さるは　みかんのかわむかん

のようなものがありますが、英語のように押韻が日常語とは異なる詩的言語をつくり出すということは、基本的に日本語にはありません。子音が豊かで強弱アクセントの英語と、ほとんどすべての語が母音で終わる抑揚アクセントの日本語の違いが、そこに表れています。

本来「うた」と言いかえることの出来ない「ライム」を、仮に語呂《ごろ》あわせに近いものと考えれば、押韻が言葉遊びにむすびつくことは明らかでしょう。有名な、

Hey diddle diddle,
The cat and the fiddle,
The cow jumped over the moon;
The little dog laughed
To see such sport,
And the dish ran away with the spoon.

は、拙訳では

えっさか　ほいさ
ねこに　ヴァイオリン
めうしがつきを　とびこえた
こいぬはそれみて　おおわらい
そこでおさらはスプーンといっしょに　おさらばさ

となり、「おさら」と「おさらば」という原詩にはないこじつけめいた箇所は別として、脚韻は全く訳せていませんが、そのかわり七五を基本にした調べが、この訳に一種の歌謡性を与えていて、「ライム」

が「うた」にならざるを得ない事情がお分かりいただけると思います。

月とスプーンという意外な組み合わせが成り立つのは、押韻によってです。逆に押韻というルールなしで、理づめでそういう突拍子もない組み合わせを考えるのは大変むずかしい。ライムは言葉の音の楽しさを与えてくれるとともに、この世界に存在するさまざまなものを、常識では考えられないようなしかたで組み合わせて、ひとつの新しい世界の見かたを暗示します。それは実用に対して遊びであり、またセンスに対してノンセンスの世界であると言っていい。押韻によってまず、マザー・グースは基本的に言葉遊びなのです。

ライムはまた人間の頭や心だけでなく、体にも働きかけます。マザー・グースの大部分は本来書かれたもの、読まれるものではなく、声に出してとなえるもの、歌うもの、体を動かして遊ぶものなので、言葉遊びが言葉の上だけにとどまるものではなく、知らず知らずのうちに私たちを体ぐるみ巻きこんでいくものであることを、忘れることは出来ません。言葉を遊ぶことと、言葉で遊ぶことは切り離せないのです。

そのような意味で例えば「このこぶたさん　かいものに・This little pig went to market」は、子どもの足指を親指から小指まで順につまみ、最後に子豚の鳴き声をまねながら足の裏をくすぐる遊びうたですし、「あつあつのまめのおかゆ・Pease porridge hot」は、「せっせっせ」と同じ手合わせ遊びに使われます。また有名な「ロンドンばしが　おっこちる・London Bridge is broken down」も、「かごめかごめ」のような遊びうたであるということです。
以下、いくつかに分類しながら、マザー・グースの言葉遊びを一瞥《いちべつ》してみましょう。

なぞなぞ：日本ではわらべうたとは考えられていませんが、マザー・グースには豊富にはいっています。やはりライムになっているものがほとんどだからでしょう。例えば「まっくろけなのにちやほやされる」

Black I am and much admired,
Men seek for me until they're tired;

When they find me, break my head,
And take me from my resting bed.

というふうに、脚韻が踏まれていることで問いは意味と響きの両面で謎めいてきます。

早口言葉：日本ほど多くないようですが、例えば「ピーター・パイパー　ピーマンのピクルス一ペックとった・Peter Piper picked a peck of pickled pepper」は、頭韻の多用が詩情を破壊しているところがかえって面白く、また「そうできるんならそうしたい・I would, if I could」は、意味の上でもノンセンスなおかしさがあります。

絵かきうた：「へのへのもへじ」に匹敵するものはないようです、

表音文字と象形文字の違いでしょうか。「はじめにじゅうじか　しぶんのさん・Make　three-fourth of a cross」は、なぞなぞとも言える字かきうた、TOBACCO（タバコ）という語が書けますが、自転車の絵が描けると言う人もいます。

積み上げうた：日本のわらべうたにはほとんどありませんが、大変作りやすく楽しいので、いまや日本でも大人気の形式です。「これはジャックのたてた　いえ・This is the house that Jack built」が有名です。だんだんに増えていく行を一息にとなえるのを競うのも面白く、この形式を用いて、例えばケネス・レクスロスのような現代アメリカ詩人も風刺詩を書いています。

〔「マザー・グースの世界展」カタログ　１９８８・８〕

童謡と私

童謡ってみんな子どもの歌のように思っているけど、基本的におとながことばを書いて、おとなが曲をつけて、おとなが歌っている歌だと思うんです。もっとも童謡はおとなが作るものだってことは、考えてみればあたり前な話で、子どもの読む本も、遊ぶ玩具《おもちゃ》も、みな作るのはおとなであって子どもじゃない。だけどおとなが作っても消費者っていうのかな、最終的な受け手は子どもじゃないか、童謡だって作るのはおとなだとしても、歌うのは子どもじゃないかって思われるかもしれません。

たしかに昔は少女歌手なんてのがいたし、今でも子どもの合唱団があって、童謡を歌ってます。しかし彼らはなりは子どもでも、言ってみればプロですから、ちょっと子どもとは言えないんじゃないでしょうか。いやそんなことはない、幼稚園でも小学校でも子どもたちが童謡を歌っているとおっしゃるかもしれませんが、私に言わせればあれは歌っているというより、歌わせられているんです。子どもが自発的に歌っているのとはどこか違う。

じゃあいったい子どもはどんな歌を、ほんとうに歌いたいと思って歌っているのか。統計をとったわけじゃないから保証はできませんが、それはテレビアニメの主題歌であり、コマーシャルソングであり、その時はやっているおとなの歌なんじゃないかと私は思ってます。ですがそれらは、子どもが歌っているにもかかわらず、童謡とは呼ばれません。つまりおとなは童謡ということばに、ある特別な意味をもたせたいんです。それは童謡というものに一種の強い感情移入があるからだろうと思います。

おとなが子どもに歌ってほしい歌、おとなが子どもにおとな自身の子どものイメージを強制する歌、そしておとなが歌って自分の子ども時代を懐かしむことのできる歌、そんな歌が童謡とされているのだと私は思います。おとなは子どもよりもはるかに嬉《うれ》しそうに童謡を歌います。そのくせ童謡によって子どもを教育しようとします。おとなはあたまっから童謡はいいものだと信じこんでいます。しかも時にはそれを商売にむすびつけます。

私も若いころから童謡に類する歌の作詞をしてきましたから、ひとのことを言えた義理ではないんですが、私は最初から童謡ということばにあるいかがわしさを感じて、自分の書くものを童謡と呼ばずに、新しい子どもの歌なんて呼んでいました。呼び名が違えば内容が違うというわけにはいかぬものですが、私がいわゆる童謡とは違う子どもの歌を作りたいと考えていたのはたしかです。それが作れたのかどうかは、もちろん自信がありませんけれど。

私は自分の子ども時代を暗黒時代と考えています。だから子ども時代に懐かしさを感じることはほとんどありません。私は子どもを喜ばせたいと思っていますし、子どもに伝えたいことももっていますが、それが「教育的」になることをできるだけ避けたいと思っています。

私はあらゆるおとなの中に、抑圧された子どもが生きつづけていて、それを解放することがおとな自身の解放につながると思っています。私はまた童謡というものを、他の歌のジャンル、例えば歌謡曲や演歌やニューミュージックやロックと特に区別しません。つまり童謡としていいかどうかというより、ひとつの歌としていい歌かどうかを問題にします。

これはまあ、言ってみればあとからつけた理屈で、子どもの歌や詩を書くときは、こんな抽象的なことがこころに浮かぶ余裕はほとんどないんですが、自分の資質や育ちから自然に生まれてきたそういう考えが、いわゆる多くの童謡に私が反発を覚えるもとになったのでしょう。私は子どもの理想を描くよりも、おとなのそれよりもある意味では厳しいかもしれぬ、子どもの現実を描きたいし、そういう現実にぶつかっている子どもたちを力づける歌や詩を書きたいと思っているんです。というよりも、もし偽りのない現実をつかむことができたら、そこに子どももおとなの区別はないと信じているんです。

子どもというものはそれが動物の子であっても、魚の子であっても私たちに訴えかける愛らしさをもっているものです。おとなが子どもを守ってやりたい、幸せにしてやりたいと思うのは生物の本能に根ざしていると言えるでしょう。子どもに歌ってほしいと思う歌を書くとき、おとなのうちに湧き出す感情も、多分それと同じようなものです。私たちはともすると子どもに対する私たち自身の感情に溺《おぼ》れます。そういう感情が歌を生み出すのはたしかですが、その感情がおとなの感傷にすぎぬとき、歌は堕落するということを私たちは心にとめていたほうがいいと思います。

私は子どもが嫌いです、だけど子どもを愛さずにいられません。子どもは憎たらしいのにかわいい、自分勝手なくせに無垢《むく》で、残酷なくせに優しい、とてつもなく明るいかと思えば、途方に暮れるほど暗く、偽善的なくせに率直で、エネルギーに満ちあふれながら、怠け者です。子どももまたおとなと同じように、あるいはそれ以上に矛盾のかたまりです。どうにかしてそういう子どものこころとからだをとらえようとしても、子どもはするりとおとなの手の中から逃れ出てしまいます。

かと言っていまの子どもたちが夢中になっているもの、例えばファミコンゲームやマンガを全面的に肯定できるかと言えば、そうも言えません。子どももまたおとなと同じように、目先の快楽に走りますし、いまのマンガの世界がどんなに豊かなものであろうとも、それだけで人生が分かるようになるとも思いません。知らず知らずのうちに子どもに媚《こ》びてしまうこともまた、おとなの陥りやすい罠《わな》のひとつだと思います。子どもを一個の他者としておとなと対等に見るところに、おとなの知恵と経験が生きてくるのではないでしょうか。

〔どうよう　1989・3〕

「マテオ・ファルコーネ」

初めて「マテオ・ファルコーネ」を読んだのは、小学校六年か中学一年のころだったと思う。父の本棚にあったメリメ全集の中のいくつかの短編を読んだはずだが、この一篇だけが子ども心にも忘れられぬ印象を残した。だから私はこれを児童文学とするのをためらわない。

父親が十歳になるひとり息子を射殺する話である。兵隊に追われて逃げてきたお尋ね者を、子どもはいったんはかくまうのだが、隊長のさし出す銀時計欲しさに裏切ってしまうのが理由だ。一八〇〇年代のコルシカ島の、しかも人里離れたマーキと呼ばれる雑木林に住む遊民のような家族の話だから、社会背景も父と子の関係も現代日本とは大きく異なっていて、我々の目には父親の子殺しは異常な行動とうつるだろうが、にもかかわらず私は心の深いところで父親は正しいと感ずる。

子どもだった私がまず感じたのは恐怖だった。殺す前に父親は子どもにお祈りをすることを命じる。死ぬと分かっている前のその短い時間が恐ろしかった。だが自分を死に導く相手が、見ず知らずの他人ではなく自分の父であるということには、一種の恍惚《こうこつ》のようなものを感じたように思う。子どもだった私は当然子の立場でこの話を読んだのだが、同時に子を殺す父親の苦しみもまた感じとっていた。その時はそういう言葉は浮かばなかったが、私が理解したのは、この世には死によってしか償えぬものがあるということだった。

もしも息子がもう大人だったら、父親は軽蔑《けいべつ》し絶縁はしただろうが、殺さなかったかもしれない。そこには父親と対等な一個の人格があったからだ。しかし息子はまだ十歳だった。息子は成熟した大人の理性、あるいは狡知《こうち》によってではなく、むしろ生得と言っていい卑しさから、逃亡者をかくまい、そして裏切ったのだ。その卑しさが教育や経験から学ばれたというよりは、生まれながらにして息子に備わったものであることに、父親は屈辱を感じたに違いない。

そこには切りようのない親子の絆《きずな》がある。夫が息子を殺すだろうと知りながら、泣いて聖母に祈るしかない母親を含めて、強い家族の絆がある。現代人は父親に子どもを殺す権利はない、子どもには生きる権利があると言うだろう。だが権利という近代的な言葉が取り落としかねない倫理の厳しさがそこにはあって、それは恐らく法と、世俗的な道徳を超えて存在している。
「家というものは、いつ家人に殺されてもよいという気分にむすばれた場であると言える」とは鶴見俊輔《つるみしゅんすけ》さんの言葉だが、互いが互いを他者としながらも、互いが互いと浸透し合っているのが家族だ。その結びつきの強さによって、家族は社会の一単位でありつつ、時に社会と敵対する力をもつ。

〔飛ぶ教室〕

『ヘヤー・インディアンとその世界』

文化人類学というのはもちろん立派な学問だが、私のような素人の目には他の学問とはずいぶん違ったものに見える。他の学問が抽象化することで人間をとらえようとするのに対して、文化人類学はあらゆる細部に注意を怠らず、とことん具体化することで人間をとらえようとする。ときに文化人類学はまるで文学と見まがうようなものになる。原ひろ子さんのこの本も、私にとっては一篇の物語だと言ってもいい。

原さんが五〇〇ページ近い大著にまとめたフィールド・ワークをされたのは一九六一〜六三年、対象になったヘヤー・インディアンと呼ばれる狩猟採集民の住域は、半分が北極圏に入るカナダ北西部で、面積は本州の四分の一弱、それに対して人口はおよそ三五〇。日本人には想像もつかない苛酷《かこく》な自然環境のもとで、信じられぬような暮らしかたをしている人々が主人公だが、時も所も遠くへだたったその人々の生活が、他人事《ひとごと》と思えない。

私が初めてヘヤー・インディアンの名を知ったのは、やはり原さんのお書きになったものからで、そのとき深く私の心に残ったヘヤー・インディアンの老人の死にかたは、本書でも述べられている。「「私は残りますよ」というそのことばの意味は、キャンプの全員に了解される。薪をとり出し、かすかに残ったウサギや魚の一部を捧げるようにして渡すと、出発する者は、次々と老人と最後の抱擁を交す。そして目に涙をいっぱいためて、次のキャンプ地へと旅立って行くのである。老人は、テントのまわりにウサギやリスの罠を仕掛け、生き延びられるだけ生きるのだという」

ヘヤー・インディアンにとってこれは「理想の死に方」なのだと原さんは述べておられるが、過剰医療が問題化し、尊厳死の是非が問われる現代日本でも、現実に行われている形はどうあれ、少なくともこのような死への意識を理想とする人は多いのではないだろうか。六五歳以上の老人に老齢年金が支給されるようになった一九四〇年代後半からは、このような「伝統的な身の処しかた」は稀《まれ》になったらしいが、きわめて苛酷な環境に生きるヘヤー・インディアンと、対照的にむしろ安楽と言っていい環境に生きる現代日本人が、死に関しては等しい地平に立っていることを、あらためて感じさせられる。

ことは死に限らない。雑誌にのった東京・新宿駅のラッシュアワーの写真を見せられて、ヘヤー・インディアンは「これは狼の群れよりも恐しい。グリズリーが群れてくれば、こんな気持ちになるかも知れない」とふるえ上がって、大急ぎでページを閉じたという。そんな心理は私たちの心の底にも隠されているのではなかろうか。

ヘヤー・インディアンは自然と対立し自然を征服しようという気持ちを持たず、また自然と調和を保って生きるべきだとも考えていないという。「一人ひとりの人間が自然を相手に競争して」いて、「『飢餓感と闘うのは自分一人であって、誰もそれを助けることはできないのだ』ということを、三歳の子どもでも知っている」。核家族は、人類のすべての社会に普遍のものであるという説に対して、原さんは、「数年間ないし一〇数年間の生活を共にして持続する集団としての［家族］をもっていないという現実こそ、ヘヤー・インディアンの文化上の大発明ではないか」と考えるようになり、そこでは「個人が家族や家庭というオブラートに包まれていない」と言う。

人間も物も情報も多すぎる日本に暮らす私たちは、それ故に強い感情を恐れ、他人との深い関係を避けるようになりつつある。大都会では快適なひとり暮らしができるし、孤独を慰める娯楽にもこと欠かない。それと対照的な環境に暮らすヘヤー・インディアンもまた、「ひとりで」生きることを生きかたの基本にしている。二〇年余の時をへだてた遠い彼らの生活が、近未来の私たちの生活のようにも見えてくるのだ。

〔アニマ　1989・7〕

三冊

本というものは厭《いや》なものである。置いておけばかさばって、ただでさえ不足がちな空間を食い尽くしてゆくし、送られてくると義理人情がからんで、読まねばならぬという強迫観念にさいなまれる。手にとって眺めれば装丁や価格が気になるし、ページをくって読み始めれば今度は書いてある中味にいちいち反発したり感心したりで気ぜわしい。ごく稀には物静かな本に出くわすこともあるが、大体において本というものはお喋《しゃべ》りである。ページからページへ本は休まずに喋りつづける。面とむかって人と話をしているのであれば、間のわるい沈黙とか笑い声とか、ときには啜《すす》り泣きとかでお喋りが途切れることもあるが、相手が本ではそうはいかない。

読んでいて反論したくなったり、文句をつけたくなったりしても、本は返事をしてくれない。びっしり並んだ活字どもはもう印刷され、製本されてしまったんだから、動かしようはありませんという顔付きで、こっちをじっとにらみ返すだけである。その生意気ぶりに腹をたてて引き裂こうとしても、近ごろの本は製本がいいから容易に引き裂けないし、火をつけたとしても燃えるのは表紙と扉くらいのもので、中味はなかなか灰になどなってくれない。たとえ知恵をしぼって一冊の本をこの世から抹殺したとしても、本は何百部、何千部、ときには何百万部と印刷されているから、一冊くらいなくなったって痛くも痒《かゆ》くもないのである。そう考えるとはなからこっちの戦意は失われてしまう。

仕方なく乱視もまじっている老眼鏡を鼻の上にのっけて、本を読みつづけるのだが、疲れることおびただしい。人間という生きものはどうしてこうまで言葉で何かを表現せずにいられないのか、心で思っていることを何故こうまで他人に伝えたいのか。その押しつけがましい執念は一体どこから涌《わ》き出てくるのか。自分も自分で厭になるくらい本を出して、そのおかげで食っているのだから、文句を言えた筋合いではないのだが、そんな道理も頭に入らないくらい本というものは人を圧迫してやまない。それというのも私が本の多い家に生まれ育ったせいであろうか。目があいたら母の笑顔の背景にゲーテ全集が並んでいたというような家だから、私は空気の代わりに本の埃《ほこり》を吸って育ったと言っても過言ではない。読みたい本を手に入れるために、質草を探し回る苦労などしたこともない私に、本を愛せと言っても無理な算段だろう。

生まれて初めて読んだ本が何だったかは覚えていない。まさかゲーテ全集ではあるまい。記憶に残っていていまも手もとにあるいちばん古い本は、野上弥生子《のがみやえこ》編『小さき生きもの』である。と、ここまで書いて私はその本を探しに本棚の並んでいる薄暗くて寒い廊下に立ったのだが、見当をつけておいたあたりには見当たらない。大体我が家の蔵書は全く整理がされていなくて、『シェーン』の隣に開いたこともない『ヤスパース全集』があったり、『医者からもらった薬がわかる本』の横に『エミリ・ディキンスン詩集』が立っていたりというていたらくだから、私は子どものころやったトランプ遊びの神経衰弱の要領で、お目当ての本を探すのを常としているのだ。

図書館学の博士号をもっている人間をひと月雇うと、いくらかかるだろうと思案しているうちに、運よく十五分後に『小さき生きもの』がとんでもない隅っこから出てきた。版元は岩波書店、昭和三年五月二十五日第一刷発行、定価一円八十銭。原画はたぶん有名な西洋の子どもの本の画家で、栗鼠だの兎だの駒鳥だのの家族のことを書いた文章は、たとえば次のようなものである。

櫻《さくら》んぼは熟《う》れてゐます。

わたしの櫻《さくら》んぼは熟《う》れてゐます。
あなたは櫻《さくら》んぼがおすきですか。
のぼつていらつしやい、のぼつていらつしやい。
櫻《さくら》んぼをあげませう。
わたしの櫻《さくら》んぼはまつ赤《か》です。
わたしの櫻《さくら》んぼは熟《う》れてゐます。
熟《う》れた櫻《さくら》んぼはまつ赤《か》です。
まつ赤《か》な櫻《さくら》んぼをあげませう。
熟《う》れた櫻《さくら》んぼをあげませう。
のぼつていらつしやい、のぼつていらつしやい。
わたしの櫻《さくら》んぼは熟《う》れてゐます。

わたしのまつ赤《か》な櫻《さくら》んぼをごらんなさい。
まつ赤《か》な櫻《さくら》んぼを、熟《う》れた櫻《さくら》んぼを。
櫻《さくら》んぼは熟《う》れてゐます。
熟《う》れたまつ赤《か》な櫻《さくら》んぼをあげませう。

これが原著の翻訳なのか、それとも野上弥生子の創作なのかはつまびらかにしないけれど、原作者の名も出版社も©マークも記されていないのだから、六十年前はのんきだったなあ。ところでこの本を幼い私が好きだったかというとそんなことはなくて、退屈で退屈で死にそうだったのを覚えている。それなのに捨てなかったのはどうしてだろうか。理由はただひとつ、読んだ本がその人間の人生の一部になってしまうからである。好きな本でなくても本はなかなか捨てられない。古い写真が捨てられないのと同じだ。だからますます身の回りに本が増えてしまい、おびただしい本の山を眺めて嫌悪の溜《た》め息をつくことになる。なんのことはない、本もまた他のあらゆることと同じく、自業自得の産物なのだと私はあきらめる。

だがいま読み返してみると、『小さき生きもの』の、行分けの文章の繰り返しの多い調子はわるくない。一種の韻文と言ってもいいかもしれない。この文体をまねて長詩を書くこともできるかもしれないと、私はセコい色気を出したりする。こういうのも本を捨てられないことのひとつの効用である。

書くということで言えば、知ってる人はほとんどいないだろうと思われる『熊の子と薔薇《ばら》』という本があって、これは私の書いたものが初めて活字になった本だから、記念にとってある。平塚綾子という昭和十六年に十二歳で亡くなった少女の遺稿集で、この少女と私は幼いころ夏だけの隣同士だった。私家版の非売品だが清楚《せいそ》で洒落《しゃれ》た装丁で、遺稿のあとに何人もの人が思い出を綴《つづ》っている。中には先の野上弥生子の夫君、野上豊一郎《とよいちろう》の詩ものっている。

叔父さん揚羽がといはれ捕蟲網は手にしたれど／蝶々に逃げられて甘草の中に立つ叔父さんとうなゐ児／だから赤蜻蛉とるのよと甘草の下で笑ひし（原文各行間一行アキ）

というような名調子で、おかげで小学生の私は「うなゐ児《ご》」という難しい言葉を覚えた。もし生きていたら、後年この子と恋でもしたであろうかと思わぬでもないが、巻末の短い年譜を見れば聖心の小学部に通ったとのことだから、杉並第二小の私とではそりが合わなかっただろう。私の短文にはけんかをして泣いたことが書いてある。泣いたのはもちろん私のほうだった。

この本が小学生だった私の愛読書ではなかったのは言うまでもない。そのころの私のお気にいりは、おきまりののらくろや少年講談で、しかしこれらの愛読書は不思議なことに一冊も手もとに残っていないし、内容もほとんど覚えていない。ただひとつ覚えているのは講談の真田《さなだ》幸村《ゆきむら》の巻で、幸村の造った大砲が紙細工だったので撃ったら暴発してしまったというくだりで、これは子ども心にいたく口惜しかった。当時の私は真田幸村のファンだったのである。

読んだ本を片っぱしから忘れるのは、私の生まれつきだから愚痴ってもしょうがない。文章を書くとき他人の本から引用できると、枚数がかせげて具合がいいのだが、私は覚えていないからそれができない。たとえ覚えていても、本を探すのが一苦労だから怠けてしまって、書くものは全部自分の書いたことで埋めねばならない。

しかしその点、詩集というのは文字が少なくて白いところが多いから まだ覚えやすい。散文だと感心したところに傍線などを引く手間がかかるけれど、詩ではその手間もはぶける。私が詩を書き始めたのは、高校時代の友人北川幸比古に誘われたおかげだが、その北川の第一詩集は私が装丁し、跋文《ばつぶん》も書かせてもらった。ちなみに序文は堀口大學、一九五一年に出たその『草色の歌』から好きな一篇を引こう。

あるばむ

さて　さて　すでに表紙は色あせた
あるばむを　ひらくままに
私の　少年の日は　呼吸して
ばっぽうと鳴く洋間の鳩時計の聲をきき
西日さす　子どもべやの乾燥を嗅ぐ

さらには　幼稚園の祈禱室で
赤　青　黄なる色硝子を透しての重い光と
童顔の神父さまのお祈りとの混じりあうところ
おさない友人たちの　たれかれを
おさないままに　おもいだすのだが

ベストテンなのにまだ三冊しかあげていない。もっとものらくろや少年講談は何巻もあったのだから、それを勘定に入れてもらえばまあいいか。

〔本の雑誌　1989・3〕

声としての詩

小学校の国語の授業で、教材の詩を声に出して音読させられた経験をもたない人はいないと思います。またお正月には百人一首のかるたで遊んだことのある人も多いと思います。それから近所のおじいさんが、奇妙な声で漢詩をうなっているのを聞いたことはありませんか。テレビで宮中の歌会始の朗詠の模様を見たことだってあるでしょう。小さいころ、わらべうたをとなえながら遊んだ思い出をもっている人もまだいるかもしれません。

それらはみな別々のことのようでいて、根っこはひとつです。印刷された文字を黙読するのではなく、声に出してとなえる、あるいは音読する詩。いわば目に見えないけれど、耳に訴えかける詩とも言うべきものが、今でも私たちの生活の中にたくさんあります。私たちはただそれをあまり自覚していないだけです。

つい百年ほど前までは詩は声に出して読む、つまり吟ずるのが当たり前でした。からだがむずむずして自然に声に出したくなるのが、他の言葉とは違う詩というものの魅力だったと言ってもいいでしょう。吟ずることで自分も楽しみ、人とも交流する、今で言えばカラオケみたいなものだったのかもしれません。

ですが今では詩は本のページの上に印刷してあって、ひとりでひっそり黙読するのが常識になってしまいました。電車の中で詩集をひろげて大声で朗読したりすれば、まわりの人にじろじろ見られてしまうでしょう。そんなふうに詩が声に出されなくなったのは、声に出す気になれない詩、音読してはかえって意味が分からなくなる詩が増えたからで、それにはそれなりのさまざまな理由がありますが、ここでは触れません。

そのように声をなくしたことで詩は多くのものを得ましたが、同時にまた多くのものを失いもしたのです。このアンソロジーは日本の詩歌の歴史を声によってたどってみようというおそらく日本で初めての試みです。文字ではなく声を通して感じとることで、日本の詩歌を再発見したいと私たちは考えました。

ですから私たちは、できるだけ声に出しやすい詩、声に出して楽しく分かりやすい詩を選びました。本とCDの二本立てになっていて、CDでは声の専門家の朗読を耳から楽しむことができますし、本だけでも自分で声に出して読んでみるという楽しみかたをすることができます。

詩を自分で声にするのは照れくさいものです。小学校の教室でみんなで声を合わせて読む、いわゆる斉読はそうでもないかもしれませんが、あれは私の意見では詩の朗読と言えるものではありません。詩はあくまでひとりひとりの人間の心とからだと声によって読まれるのが基本だと思います。私も三〇年ほど前から自作朗読というのを人前でするようになりましたが、初めのうちはとても緊張して胃が痛くなったほどでした。

しかしだんだん自分の詩を自分の声で人に伝えるのが楽しくなりました。活字では味わえない良さに気がついたと言ってくれる人もいたし、反対に作者の声が詩の広がりをせばめてしまったと言う人もいましたが、私は黙っている活字を通してしか触れ合えなかった読者と、じかに向かい合えるのが嬉《うれ》しかったし、また音読することで自分の詩の書きかたも少しずつ変わってきました。

日本には昔から『万葉集』『古今和歌集』をはじめとするすぐれたアンソロジー（詞華集とも言います）の伝統がありますが、明治にはいってからは『海潮音』『月下の一群』などの訳詩集を別として、歴史に名が残るようなアンソロジーが出ていません。さまざまな主題や編者によるアンソロジーはたくさん出版されているのに、どうしてなのでしょうか。

その理由のひとつとして、詩が、特に現代詩が言ってみれば専門化してしまい、毎日の生活の中で楽しまれることが少なくなったということが挙げられると思います。詩はひとりの個人の魂から生まれるものです。それは今も昔も変わりはありません。しかし昔の日本人は同時に詩を大勢で楽しむすべを知っていました。歌合わせ、連句、そして百人一首もまたそうです。

気の合った者同士が集まって詩をつくり、それを贈り合ったり、感想を言い合ったり、またみんなで合作したりして楽しんだのです。そんなときには詩は紙に書いて見せ合うだけでなく、きっと声に出して読み合ったものと想像されます。そういう背景があってこそ、自分では詩をつくらない人々もまた、詩をそれぞれの生活の中で楽しむことができたのではないでしょうか。

昔はアンソロジーと言っても、一冊の本だけを意味したわけではなかったと思います。それは暗記され口誦《こうしょう》されることで私たちの心身に入りこみ、知らず知らずのうちに私たちの気持ちをときには慰め、ときにははげますものでした。鑑賞やら解釈やらを言うより先に、おそらくは文字よりも先に、声としての詩が私たちにおとずれていたのです。

このアンソロジーを勉強する必要はありません。声に出し、耳で聞いて楽しんでほしいのです。多少意味のとれないところがあったって気にすることはありません。私たちの母の言葉である日本語の調べとリズムはどこよりもまず、あなたのからだのうちにひそんでいるのです。声になった詩はあなたの全心身と共鳴することを望んでいます。

友人のひとりがアメリカの知人の家に泊めてもらったとき、寝室のナイトテーブルの上に一冊の詩のアンソロジーが置いてあって、それを拾い読みしながら眠ったのがとてもいい気持ちだったと話してくれたことがあります。このアンソロジーもそんなふうに何気なく、日本中の家庭にはいっていってくれるといいなあと願っています。

〔『声でたのしむ美しい日本の詩　近・現代詩篇』１９９０・６〕

辞書を見ながら

日本語の辞書としては私は長い間「広辞苑」を使っていますが、その中身のいったいどれだけを活用しているかと言えば、はなはだ心許《こころもと》ないのです。たまに特に引きたい言葉もなく、面白半分にページを繰っていると、自分に使える語彙《ごい》が大変少ないことに気づきます。たとえば今、現在の私の年齢にちなんで手許の机上版第二版補訂版の五九ページを開くと、そこには九十弱の項目が並んでいますが、その中で私が使うことの出来る言葉は四分の一にも満たない約二十余りに過ぎません。

冒頭にある「天つ君」は天皇の別称ということですが、古代を舞台とした詩劇でも書くことになればともかく、私にこの言葉を使う機会はおそらくないでしょう。同じページの二段目には「甘土」という魅力的な語があって、これは耕地の表土を人工によって改良したものだそうですが、農民ではない私はこの語を体験的に知りませんし、辞書を引かずにこの語を読んで、心の中にあるイメージを思い浮かべることの出来る読者がどれだけいるかも疑問です。

三段目には「あまなう」（和ふ）という語が出ています。意見がまとまる。同意する。和解する。人の心を迎え、気に入ろうとする、などの意味があるそうで、美しい言葉だと思いますが、もしどこかに使うとしたら、現代では註《ちゅう》を入れなければならないでしょう。このような一般の人々にとってはほとんど死語に近い言葉を復活させることも、詩人の役割のひとつではありますが、辞書によってのみ知った言葉、自分の生活の中で生きていない言葉を使うことに、少なくとも私は抵抗を覚えるのも事実です。

ある特別な単語に魅せられて、いつかは自分の詩の中でその語を使ってみたいと思いながら果せなかったというような話が、欧米の詩人の中ではあるようですが、私にはそのようなひとつの語に対する特別な執着がありません。これは現代日本語が音よりも形や意味によって、人の心に訴える側面が大きいこととも無縁ではないかもしれませんが、執着がないということに私はいささかの不安を覚えます。

知り合いのアメリカ人の奥さんが、やがて生まれてくる自分の子どもの名を考えていた時のことを思い出します。いくつかの候補の名前を、彼女はおなかの中の子どもへの愛情に満ちて、ほとんどエロティックと言っていいほどに、ゆっくり口の中で反芻《はんすう》しながら発音していました。日本では子どもの名はまず紙に書いて張り出しますから、その違いが印象に残りました。子どもの名に限らず、一語へのからだぐるみの思い入れとも言うべきものがあることを、私の僅《わず》かな異文化体験からも感じます。

しかし音読、黙読のどちらが基本かという違いとともに、日本語が明治以来の近代化の過程で、どれだけ多くの言葉を死に追いやって来ざるを得なかったか、そしてまたそれと並行して、どんなにたくさんの根無し草の新語を西洋から取り入れざるを得なかったかということもまた、私たちの語彙の質に大きく関係していると思います。それを貧しいと言うことには抵抗を感じますが、少なくとも詩を書く上でそれが詩人に不利に働くことがあるということを、私は自覚しています。

詩の言葉と日常の言葉はどう違うのですかというような質問を受ける度に、私はそこにはなんの違いもありません、私はふだん使っている言葉で詩を書いていますと答えるのを常としています。つまり、私たちには詩語というようなものはないに等しいのです。これはどうしようもない事実ですが、その事実に私が満足しているのかと問われれば、そこには微妙な留保がつきます。

使い減らされ、決まり文句化した日常語を組み換えることで、そこに新しい意味とイメージを生み出すのが、現代詩人の役割であると言えば誰も反対することは出来ないでしょう。私もまたそれを目指して書いています。ですが、たとえば辞書の中で「あまなう」というような語に出会った時、この今は使われない言葉に、羨望《せんぼう》とも郷愁とも後悔ともつかぬ感情を私は覚えます。何故こんな美しい言葉が現代日本語から失われてしまったのか、何故私たちはそれに執着せずにすんで来たのか。

たとえ日常では使われなくとも、せめて詩の中でだけ生きる言葉があったっていいではないか、それが多少は詩をとっつきにくいものにしたとしても、語の組み換えだけでなく、語彙そのものによって詩が存在を主張したっていいではないか。しかし今は成金趣味ははやっても、貴族趣味ははやらぬ時代です。長い伝統を負った言葉の深みを探ることによってではなく、意味ありげな輸入言語の迷路に踏みこむことで、詩はますます難解になってゆきます。

辞書には無数の豊かな言葉が並んでいても、私たちが実際に使える言葉がその中のごく一部にしか過ぎないのは悲しい事実です。新語や流行語を見れば一目瞭然《りょうぜん》ですが、私たちの語彙はその量においては日々増え続けています。しかしその質はどうなのか。

言葉は辞書の中にある訳ではなく、私たちの日常の中にあるものであって、ひとつひとつの語をみずからの経験によって深めてゆくところにこそ、言葉の活力があるのだと私も知っていますし、どんな言語においても言葉の変化は避けられないということも承知していますが、その変化の底にひそむ死語、古語と呼ばれるものが、本当に死に絶えているのかどうか疑問に思うこともあるのです。

〔青春と読書　1991・6〕

「愛」と「お大切」

言葉には人の心の中にイメージを形成するはたらきがありますが、そのイメージは現実に目に見える映像とは大分ちがったものではないかと思います。非常に明示的な、現実の物とはっきり結びついている単語、たとえばドングリの実というような言葉なら、誰の心の中にもある程度明快な映像を喚起するでしょうが、それとてもドングリの実を実際に、あるいは図鑑などでも、これまで見たことがないという人には、曖昧《あいまい》な映像しか喚起しないでしょう。

ましてたとえば哲学というような抽象語が人の心にどんな映像を喚

起するかと言えば、これはもう千差万別、ある人はゲーテの横顔を思い起こすかもしれないし、またある人は分厚い書物を思い浮かべるという具合、なんの映像も思い浮かばないという人もきっとたくさんいるはずです。しかしなんの映像も思い浮かばないと言っても、そこになんらかの連想がはたらくことはあるのではないか。それが具体的な像を結ばないとしても、言葉というものは常に色や音や匂いや記憶や感情を含めたイメージを、人の心に呼び起こす。その重層的なひろがりこそが言葉を豊かにしているし、言葉と言葉をつなぐのだと言ってもいいと思います。詩を書く人間は殊に言葉のそのような機能に頼らざるを得ないのです。

これは日本語に限らずある程度どんな言語にも共通なことでしょう

が、日本語にはまた少々特殊な事情もあるのではないかと思います。それはいわゆるやまとことば系の、古くからあって私たちの生活に根を下ろしている言葉と、漢語系の中国、西洋からいわば輸入され翻訳された、やまとことばに比べれば抽象的と言える言葉との間の落差が、多かれ少なかれ日本語にはあるということです。

たとえば愛という言葉は、初めて（たしかポルトガル語から）そのような概念が輸入された時、ある宣教師によって「お大切」と訳されたと聞いています。今でこそ愛という言葉も、たとえ人によってまちまちであるとは言え、ある映像を喚起するまでに日本人の語彙《ごい》の中に生きてきているかもしれませんが、それでもまだ私たちには「お大切」のほうが心と体にしっくり来るような気がします。

大胆に割り切って言ってしまえば、耳で聞いても、ひらがなで表記しても、すんなり伝わるやまとことば系の言葉に比べて、耳で聞くだけでは伝わりにくく、目で読まないと分かりにくい漢語系の言葉のほうが、イメージを形成する力が弱いと言ってもいいのではないでしょうか。こんなことを言うと、漢字はそもそも物や人の姿から生まれたはずだ、その象形はまさにイメージそのものではないかという反論があろうかと思いますが、例えば山とか人とかの単純な象形はいざ知らず、ちょっと複雑な漢字のイメージはもう語源辞典でもたどらない限り、私たちにはもとの形を想像することも出来ません。いやたとえ辞典によってもとの形をたどれたとしても、その起源は古代中国の生活や祭祀《さいし》にあり、そのイメージは私たちの心と体になじみません。

だいたい私たち自身、日常生活の中で漢字の形から来るイメージをいちいち意識することはあまりありません。ですから漢語系の日本語のイメージ形成力が弱いと言っても、それは漢字のせいではありません。そのことは私たち日本人が漢字を初めから表音的に使いこなし、そこからひらがな、カタカナを生み出した事実から見てもあきらかです。私には漢語の多くはいまだにどこか外国語のような感じがします。その輸入の歴史はすでに古く、漢語は日本語の欠かせない一部になっていますが、漢語が表現する概念、観念の多くは中国、西洋からの借物という意識がどこかに残っているのは否定出来ないのです。

それがどんな抽象的な語であれ、言葉というものは本来具体的な人間の日々の生活の中から生まれてきたものです。たとえば哲学という語が、その源に知恵を愛するという意味を秘めているということを、私たちは哲学という漢語から読みとることが出来ません。もしそういう意味をくみとることの出来る訳語が与えられていたら、この語のイメージははるかに豊かになっていたでしょう。けれどそうは言っても、フィロソフィーという概念をやまとことば系の言葉にうつすことが果たして可能だったでしょうか。明治以来の、いやそのもっと前までさかのぼる、日本の海外文明、文化の摂取は日本語に根源的な変化を強いました。そのおかげで、日本語のイメージの多くは一種根無し草のように浮き上がってしまい、近年の外来語の氾濫《はんらん》もそれに拍車をかけています。その可否を論ずるのは多分徒労で、私たちはそれを生きるしかないのではないでしょうか。

〔言語　1991・1〕

世間知らずの一滴の真情

ウッディ・アレン監督『カメレオンマン』という映画がありました。周囲の状況によってくるくる人間が変わってしまう男の話で、この映画を見たときはぎくりとしました。自分が主人公そっくりだと思ったのです。数年後、アメリカで今もっとも評価の高い現代詩人のひとり、ジョン・アシュベリに会ったときのこと、何かの拍子で私が『カメレオンマン』の話をもちだしたら、彼が即座に「あれは私だ」と言ったのにはびっくりしました。

三題噺《ばなし》めきますが、昨年チェコスロバキアの作家ミラン・クンデラの『生は彼方に』という小説を読んでいて、次のような箇所にぶつかりました。

「詩とはあらゆる断言が真実となる領域のことである。詩人は昨日、〝生は涙のように空しい〟と書き、今日は、〝生は笑いのように楽しい〟と書くが、いずれの場合も彼が正しいのである。……詩人は何事も証明する必要はない。唯一の証明が感情の強さの中にあるのだから。……抒情の真髄とは未経験のことである』（西永良成訳、以下同）

コマーシャルのコピーに人気が集まったころ、「コピーはああも言える、こうも言えるというところがどうも信用できない」と発言した記憶がありますが、これは詩にもあてはまるのだということに、おそまきながら私は気づきました。以来私は詩人はみなカメレオンマンなのではないかという恐ろしい疑惑にとらわれつづけているのです。クンデラはさらにこう言います。

「詩人の未熟さはたぶん笑いの対象ともなりうるものだが、しかしまた、われわれをおどろかせるに足るものも持っている。詩人の言葉の中には、心の中から現れたような一滴の真情があって、それが彼の詩に美しさという輝きを与えるのである。しかし、その一滴を詩人の心から引き出すには何らかの本物の生きた体験などはいささかも必要はないので、どちらかといえば、レモンの切れはしをサラダの上に絞る料理女のように、詩人は時どき自分の心を絞るのだと考えたほうがよい」

もちろんこういう考えかたに、おおかたの詩人は反発するにちがいありません。私だってこうも痛烈に言われるとしゃくにさわります。しかし、私にはこの言葉は少なくとも詩と呼ばれるものの一面の深い真実をついていると思えるのです。

二月二十日付の本紙夕刊の稲川方人《いながわまさと》さんの文章に出てきた「詩人という存在の欺瞞」という言葉を見て、私がまず連想したのは以上のようなことでした。これはあるいは稲川さんの言おうとしたこととずれているかもしれませんが、少なくとも詩人と欺瞞というふたつの言葉が結びつくとき、それがなんらかの意味で詩人という存在に対する疑いと無縁のはずはないと思うのです。

私は詩を書き始めたころから、詩人になりたいとか文学で身を立てたいと思ったことのない人間で、「詩を信仰する必要」を感じることもなく、詩を純粋よりむしろ不純の方向へ解放しようとしてきました。これは「詩」がかつての神話的な力を失い、もろもろの「詩的」な現象の中へ希薄化し拡散しつづけている先進文明社会においては、たしかに危険な方向です。詩が敵とみなす散文と、それがあらわにする日常の過剰なばかりの現実に詩が足をひっぱられるおそれがあるからです。

「一滴の真情」が一個人としての詩人の真情と関係がないのは私も以前から気づいています。これはたとえば、一篇の詩に作者の気持ちばかりを読もうとする、教科書的発想のあやまりを見ても分かります。詩人の書く詩や散文がともすれば難解になりがちなのも、詩人が日常的現実の奥により深い魂の現実を模索しようとするからに外なりません。

すぐれた詩人はすぐれた散文も書けるはずだというのは、私は一面の真理に過ぎないのではないかと思っています。本気で散文を書こうと思ったら詩をあきらめるしかない、そんな緊張が詩と散文の間にはあるはずで、クンデラもそうですが小説を書くために詩を捨てた作家も少なくない。

しかしそういう詩と散文の間の緊張が私には必要なものに思えるのです。ここで詩と散文と私が言うのは、もちろん単なる書きもののスタイルのことだけではありません。詩があきらかにしようとする意識や道徳を超えた世界の真実と、散文があきらかにしようとする人間くさい世界の真実と言えばいいでしょうか、そのふたつは補いあいながら私たちの生きる現実を作りだしていますが、同時にそのふたつの間の相克と矛盾は私たちがふつう想像する以上に深いと思います。

その矛盾が解決不能であることを私は意識していますが、同時にその緊張と矛盾を感じないで詩を書くことは私にはできません。散文的現実に背を向けて現代詩オタク族になるくらいなら、詩人を失格して俗人になるほうがいいと思うのです。

〔読売新聞　1991・3・8〕

『オーデン詩集』

毎日毎日著者から出版社から編集者から本が（雑誌も）送られてくる。ほとんど読まない、読めない。が、即座に捨てる勇気もない。どの本も読まずにほっておいていいよとは言ってくれない。本はみな無言のうちに読め読めと私に迫る、私が読みたいか読みたくないかは二の次だ。

それでも時には読みたい本が出てくる。そういう本は大体送られてきていないから、書店へ行って買う。夢中で読んでしまう本もある、途中でやめてしまう本もある、どちらも読み終わるとすぐ忘れる。その本を今年読んだのか、去年読んだのかもさだかではない。

だから、「リテレールよ、お前もか」と思う。一九九三年とかベスト3とかいう数字で本をくくられると、本がますます量に還元されるような気がして、本に対する吐き気がひどくなる。出版も読書もウィンブルドンではないし、ケンタッキー・ダービーでもない。

一冊一冊の本をたとえすぐ忘れるとしても、心静かに読みたいと思うのは、自分の心がけの悪さを棚に上げて言うだけではない。本の作り出す環境が異常になっていると感じるからだ。私を病から救ってくれる本を私は求めている。で、いま読んでいる本を一冊だけあげる我がままを許してほしい。これがベスト1という訳ではない。アンケートが送られてきたときたまたま読んでいて、心に残るところがいくつかあったので、忘れないうちにメモしておくだけだ。

滑稽の要素が底流になければ、今日

本格的なまじめな詩は書けないと思う。

「六十四才のいまなにを書くべきか」は問題だ。

「一九七一年のいまなにを書くべきか」は愚問だ。

気に入った本は引用するだけで十分というのが、批評家ではない私の信条だ。その引用が自分に都合のいいものであることも言うまでもない。

（と、ここで終わって原稿を送ったら、編集部からゲラ刷りとともに、空白の部分を埋めてもらえないかという手紙が来た。「文章内容がレイアウト云々《うんぬん》に左右されるものではないことは十分承知」の上での要請である。

雑誌編集者のこういう空白恐怖を私は大変興味深く思った。これも現代日本の出版物の洪水現象と無縁ではないかもしれない。活字がほとんどイスラームのアラベスクの如きものと化して、蔓草《つるくさ》のように私たちの頭脳を覆っているのであろうか。

その下に現実と呼ばれるものがあるはずだと、私はいまだに考えているのだが、それも私の灰色の脳細胞の生み出す幻想でしかないのかもしれない。だが、そのような多種多様な言葉の皮膜を破るのもまた、言葉の力をおいてない。私はそういう言葉を求めつづけて、幸運にも今、オーデンの詩に出会ったのである。）

〔リテレール別冊　１９９３〕

『ロバート・ブライ詩集』

これを書いている間、戸外には梅雨の雨が降っている。雨は僕の物書き小屋の屋根の上に、用心深い、けれどもやけっぱちな音をたてて、降って来る……ブライの書きかたを真似て、こんな書き出しで始めようか。これは事実だが、偶然の一致という訳でもない。金関《かなせき》さんが翻訳されたブライの詩に、私なりの意見をつけ加えようとした時には、知人の持ってる鎌倉の家に泊めてもらった。広い家に私ひとりだった。遠くに海が見えた。校正刷になったブライの詩をもう一度読み返そうとしていま来ているここは、群馬の山の中である。ブライの物書き小屋がどんなものだったのかは知らないが、私もここでは物書き小屋をもっている。雨が止むと、小鳥のさえずりの外はほとんど何の物音もしない。ブライを知ろうとして、私はなかば無意識のうちに自然の中での孤独を択《えら》んだらしい。ブライの書くもののうちに、そう私をうながす力があるのだろうと思う。私はここにいても彼のいわゆる「田舎の詩」はとうてい書けそうにないが、彼のその一連の作は好きだ。

一度だけ彼の朗読を聞いたことがある。バーナード・カレッジのサージ・ガブロンスキー（ブライが関心をもつポンジュの英訳者）が主宰する年一度の翻訳セミナーでのことだ。どんな詩を読んだのかは忘れてしまったが、ダルシマーを弾きながらの朗読だったのが羨《うらや》ましくて印象に残った。大男で、着ているものやその風貌《ふうぼう》から言っても、どちらかと言うとヒッピーふうな感じがしたが、いまはその感じが半分正しくて、半分間違っているように思う。その時彼が言及した自著『翻訳の八段階』を読んでみたくて、コピーをもらった。面白かったので、私の詩を訳してくれている男に送ってやったから、もう手元にはない。

日本語訳で読むブライの詩にはピンと来るのもあるし、来ないのもある。しかし彼のエッセイは、もちろん散文のほうが翻訳によって失われるものが少ないこともあって、この本に収録されたいくつもの前書きを読んでも、例外なく啓発されるところが多い。英語で書かれる詩の問題点がよく分かるし、ブライ自身がみずからを語るのにたくみだということもよく分かる。前書きだけで彼がたどってきた筋道がすっかり頭に入ったような気がしてしまうのだから、これはもしかすると少したくみ過ぎるというものかもしれない。彼のように自分の詩法を意識的に振り返ることを、私たち日本の詩人はめったにしない。何故だろうか。いろんな理由が思い浮かぶが、そのひとつに私たちは伝統的な詩形との葛藤《かっとう》を経ずに書けるということがあるかもしれない。

第一章の前書きでブライは初期の詩に触れながら、英語詩の韻律の魅力について語っている。私たちはこんなふうには七五調についてでは語れない。私は彼とほぼ同じ時期に詩を書き始めているが、私にとっては日本詩の伝統的韻律は、無視してしまっていっこうに差し支えがないほど単調に思えたし、その「音楽」と自分との間には越えることの難しい溝があるように思えた。私たちは形をもたない「自由詩」から出発せざるを得なかったし、いまも詩を形ある一個の物であるかのように語るすべをもっていない。詩の細部の質感や構造をブライは自由詩を書くようになってからも、当然のように問題にするが、そんな時私はほとんど匙《さじ》を投げるしかないような気持ちに襲われる。「英語詩には、もともとあのスモモのようなかぐわしい技法、すなわち［脚韻《ライム》］がある」と彼は書くが、少なくとも私はその香りをかげる鼻をもっていないし、日本語に訳された彼の詩を読んでも、そんな香りは匂ってこない。

ブライは声に出して読む詩の力を信じている、また詩のもつ音楽性を重く見る。だがこれは彼が特にそれらに敏感だということではないだろう。日本語で書かれる詩では意識するのが難しいことが、英語詩では常に意識化されていると見たほうがいい。たとえば「行《ライン》の終りは、思考の段落に合わせて、その時一瞬の沈黙が生まれるようにした」（第三章の前書き）というような言いかたが私には出来ない。実際には同じようなことをしているにもかかわらず、こういうふうに客観的に言っても主観的にとられるだけだと思ってしまう。こういう言いかたが了解される土壌がないと感じるのだ。日本語になったブライの詩を読んでみてもそれは明らかだ。私たちには意味とイメージは追えても、微妙な音楽、単に語の音の連なりかたとしての音楽ではなく、意味やイメージに結びついた詩の底流としての音楽、その言語を母語とする人々の魂の響きのようなものを聞きとることが出来ない。

曲がりなりにも原詩を読み、金関さんの苦心の訳に感心しながらも、私がブライの詩そのものについて何かを言うのに大きな抵抗を覚えるのは、英語と日本語の違いが私自身の語学の能力など問題にならないほど、大きく深いことに気づかざるを得ないからだ。もちろん日本語に訳されてさえ力を失わない行は、いくらでもあげることが出来る。

暗闇はいつだってそこにあった　僕らは決して気づかなかったが。

（「午後の雪」）

孤独のうちに過さなかった日々は　すべて無駄だったのだ。

（「長い多忙な日々のあとで」）

そこで僕らは一本の植物の根元にじっとして
永遠に生きるだろう　塵のように。

（「三部作」）

……もしある男が　用心深くて
自分のビッコを隠すならば
だれかがビッコを引かなければならない。……

（「おやじの結婚式（一九二四）」）

本当に味わえているとは言えないとしても、これらの行は少なくともその意味の根をブライ自身の人生に下ろしていることを私たちに感じさせてくれる。詩法の筋道だけでなく生きかたの筋道についても、ブライは前書きの中で率直に語っていて、それも私たち日本の詩人はあまりやらないことだ。詩人としての生きかたと、ひとりのヒトとしての生きかたが切り離せないところで彼が語っているのは、私には当然のことのように思える。そのおかげで詩への理解が深まるのは、別に作品の詩としての自立を妨げるものではないだろう。詩と人生の結びつきかたは詩人によって度合も違えば、その表現も違っていて、いちがいにどれがいいと言えるものではないが、ブライの場合、そのふたつの間の距離が、一種古典的な均衡を保っているように見える。ブライには詩で自分を美化したり、隠したりするところがないように思えるが、一篇の詩の中に偽善を発見することが出来るほど、私に英語が分かる訳ではないから、これは保証の限りではない。

ブライと私は同じ時代に生きて、同じ仕事をしている。その詩を読んでいると、似たような悩みや似たような野心をもっているのを知って親しみを感ずることも少なくない。それでも金関さんのお手伝いをしてみて、結局隔靴掻痒《かっかそうよう》の思いから逃れることは出来なかった。日本の詩を考える時、いつももっと日本語以外の他の言語で書かれる詩と詩人をも視野に入れて考えたいと思うが、それは生易しいことではない。たとえばブライにとってのベトナムと、私にとってのベトナムを統合する論理を自分のものにすることは、私には出来そうにないが多分可能だろう。だがそれが一篇の詩に表現された場合にはどうだろうか。詩の土壌をなしている社会と文化の違いから、詩が逃れられないのは自明だから、これは国際詩祭などというもので解決するようなこことは思えない。しかしまた母語によって母語を超える普遍性に近づくことも、言語のそして人間の運命とも言えるのである。それを信じないことには、詩の翻訳なんてやってられるものじゃない。

雨があがって陽がさしてきた。もう若葉とは言えない濃い緑の葉が日差しに明るむのを、きっとブライも何度も見ただろう。彼もこんな時、目の前の光景を通して、そのもっと奥に秘められたもの、自分の内部と通じ合うものを、もどかしさを感じながら、言葉にしようとしたことだろう。「詩というものは、ほんの一瞬だけ水面に姿を現わし、すぐまた沈んで行くことを、僕らは知っている」とブライは言う。同じようなことを私は一瞬の稲妻の比喩《ひゆ》で語ったことがある。「水底に沈んでいる、なにか巨大なもの」のもつ物質感と、稲妻のめくるめく光のもつ非物質感との間には大きな隔たりがあるとしても、それらが出現するのはほんの一瞬だというところで多分私たちは一致する。その束の間に特別な意味を見出すのが、詩人と呼ばれる種族だとしたら、どんなに離れ離れに生きていようと私たちは同僚だ。

〈『ロバート・ブライ詩集』1993〉

教室を批評すること

現場の教師たちを責めるのは、かえって私たちの抱えざるを得ないさまざまな問題意識を狭めることになりかねないのを、私も承知している。だが、たった今見せてもらった授業の当事者である教師を目の前にすると、それが長い小学校生活の中のたった四五分の授業であり、かつそれを私たちはビデオ・カメラの目を通して見ているに過ぎないことがわかっていても、私は時に自分を抑えきれない。自分のそのほとんど生理的と言っていい反応を信用することからしか、私の授業に対する批評は始まらないと私は思っている。

教師たちは現代日本の病んでいる部分の、もっとも見えやすいひとつの症候として存在しているように私には感じられる。もちろん生徒たちにもその症候は現れている。教育についての知識、経験の少ない私にとっては、目に見えるその症候を通してしか全体が見えてこない。いくら症候を抑えても病は癒《い》えないのは当然だが、もし教師たちのうちに病の自覚さえないとすれば、たとえ舌足らずな仕方であれ、それを指摘することが教師たちのためと言うより、私自身にとって必要になってくる。私にもまた気づかずに病に冒されている部分があるにちがいないから。

私のよって立つところは一言で言えば、常識ということに尽きると思う。それが生徒たちの話し方であれ、教師の教え方であれ、なんだかおかしい、どこかひっかかるという感覚が私の批評、というより授業を見ての感想の出発点になる。だが、時折その常識、つまり共通感覚が教師たちと私の間で、共有できていないのではないかと思えることがある。それは一九三一年生まれの私と、はるかに若い彼らとの間の世代の溝と思えることもあれば、小学校教師としての教育を受けた彼らの、私の側から見れば少々特殊な感覚のせいではないかと思えることもある。いずれにせよ、私は私の感覚に固執するしかないが、それが絶対的に正しいと主張する自信はない。教育の場面に限らず、世の中は私などの予測の追いつかない速さで動いて行く、自分をただの時代遅れではないかと考えることもしばしばだ。

討議の中で発言したことと重なるかもしれないが、いくつかの感想をまとめておきたい。教室内で話される言語が、特に生徒たちの話し方がどこかぎこちなく不自然に聞こえることはしばしば問題にされてきた。これは日本人の心性と不可分の、日本語の構造と人間関係のつくり方にかかわると同時に、学校という近代の産物が不可避的にもたざるを得ない一種の抽象性、日常生活では獲得することの難しい知識や論理を学ぶための話体、文体をどうするかということにかかわっていて、誰にもはかばかしい解答はないだろう。

今回私が感じたのは、それと関係はあるけれども少々別なことで、教師の話し方にかかわっている。それは教室もまたマス・コミュニケーションの場であることにおそまきながら気づいたということ、そしてテレビやラジオや雑誌新聞などのマス・メディアにおけるアナウンサーやインタビューアーのしゃべり方が、教室における教師の話し方に影響を与え始めているという事実だ。

画一的な答を予想し、求めるところがあるという点で、現代日本の教育とマス・メディアには共通点があるから、むしろこれは自然な成り行きと言ってもいいかもしれないが、私にとっては一種衝撃的な発見だった。テレビの公開番組と小学校の教室が同じものであっていいはずはないというのが私の反応だが、おそらく教師自身はそれに気づいていない。かえってインタビューアーの技術を無意識にまねることで、教室における時間の流れを効率的にし、生徒たちから学校に対する違和感を取り除こうとしているのかもしれない。

一人の教師に対して数十人の生徒という関係は、たしかにマス・コミュニケーションの場を形成する。だが、教育はあくまで一人の教師と一人の生徒の関係を基礎とするものだろう。一人一人の生徒に気を配らねばならない、落ちこぼれそうな生徒を落ちこぼれさせてはならない、そういう意識はおそらく多くの教師に共通だろうと思うが、その意識がどこまで心からのものなのか。生徒に対する話しかけ方は単なる技術にとどまるものではなく、そこには教師の全人格が現れるから恐ろしい。

もうひとつ、これも何度も論じられていることだが、教材にするテキストの選び方が私には納得のいかないことが多い。教科書にのっているテキストの場合は、教科書編纂《へんさん》委員たちの力量や考え方も問われるが、それについても無批判な教師がほとんどであるような印象を受ける。基本的には教材として完璧《かんぺき》なテキストなどというものはあり得ないと私は思うから、教師はたとえそれに自分が深い感動を覚えたとしても、そのテキストを教材として使う場合には、批評的に読み直す必要がある。

もっと端的に言えば、教師は駄作をふるい落とすことのできる批評眼をもっていなければならない。あるいは駄作は駄作として教える力量をもっていなければならない。それが文学と称せられるものであればなおさらのこと。そんなことは不可能だと反論されるかもしれないが、もし自分の批評眼に自信がなければ、すでに定評のある古典を取り上げるほうがいい。教えやすそうだからとか、作者が有名だからとか、研究会でしばしば取り上げられるからといったような理由は理由にならないと思う。

言うまでもないことだが、批評は悪口とはちがう。批評はむしろ強い関心の現れであり、作品への愛を深める方法なのだ。批評を介在させない理解はないと私は思う。教師が取り上げた教材を神格化していては、生徒たちの間にも批評は育たない。だがそのためには批評に耐えるテキスト、読みを深めていくことのできる作品を教材にしなければならないだろう。

もしそのようなテキストを教材にすることができたら、極論すれば、テキストはただひとつだけでも十分かもしれない。それが詩であれ、物語であれ、随筆であれ、記録であれ、文章を読み解き、味わう基本の態度には大きなちがいはないのだから。たくさんの教材を能率的に消化するより、ひとつのテキストにてこずるほうが、はるかに多くを学べるし、はるかに深い喜びを味わえるのではないか。

テキストという小宇宙はそれだけで完結しているものではないと思う。それは何よりも日本語であることを通して、私たちの日常生活と結びついているものだし、そこで扱われている素材がリアルであればあるほど、人間の他のさまざまな活動と避け難くかかわってくる。テキストの小宇宙のもつひろがりを、他の小宇宙とつなげていくこともまた、「国語」の授業の大切な一面ではないだろうか。内なる文脈とともに外にある文脈も読み取る必要がある。

私たちが日常的に、気づかずにやっていることが、教室では見失われているような気がする。ある種のトリビアリズムに陥っていると言ってもいいかもしれない。常識と私が呼ぶものは、人生というひとつの全体にその基礎を置いている。そこには時代によって変わる部分もあるかもしれないが、古代から一貫して変わらぬ人間のあり方もまた動かし難く存在しているはずだ。古典を学ぶ意味もそこにある。教師たちとの共通感覚を取り戻したいと私は切に願っている。

〔『シリーズ授業』１９９３〕

能・狂言の時間

父が死んだあと、夥《おびただ》しい蔵書のほとんどを父の生まれた愛知県常滑《とこなめ》の図書館に送った。手元に残す本はごく僅《わず》かにとどめたが、その僅かな本の中に、野上豊一郎編著による『謡曲全集』がある。昭和十年に中央公論社から刊行されている。布装のきれいな本だ。ところどころに父の引いた鉛筆の傍線が残っているが、私自身は通読したことがない。だがこの本には妙に愛着がある。

私の父は子どもだった私を遊園地にも映画館にも連れていかなかったが、母と一緒に能楽堂に連れていってくれることはあった。それが特に嬉《うれ》しかったという記憶はないが、子ども時代の父との数少ない思い出のひとつとして、私の心に残っている。一九四〇年代、私がまだ小学生のころだ。戦争が始まっていた。

そんな時必ず携えていくのが『謡曲全集』だった。その日の演目の載っている巻を母に言われて捜し出し、それをざっと読んでおく。そして能を見ながら、分からないところを目で追う。狂言にはそんな必要がなかった。時代を超えたあのおおらかな、品のいいユーモアは、子どもの私にもおおいに楽しめた。

しかし単なる思い出とは言えぬものがそこにはあって、それは能・狂言という伝統芸能のもつ力が、幼い私にも強い印象を与えたためだろう。初めて能を見た時のことは覚えていないが、よく分からぬままに、それがふだんの生活とは全く異なる世界の出来事だということは、子ども心にも感じられたのではないか。能楽堂という空間と、能に流れている時間は今も私の身近にあって、これは父のおかげだ。

私が詩を書き始めてしばらくたったころ、T・S・エリオットやクリストファー・フライの影響で、日本でも詩劇という言葉が流行《はや》って、私もラジオ・ドラマなどの分野でそれらしきものを試みた一時期があった。結局尻《しり》つぼみに終わったが、その理由のひとつには、日本には既に能という究極の詩劇があって、どうあがいても現代口語ではそれを超えられないという事実があった。

演目は忘れたが、二十代のころ能を見ていて涙が止まらなくなったことがあったのをよく覚えている。その後ある英字新聞で、初めて能を見たアメリカ人のひとりが、あんなに退屈なものはないと投書したのに他のひとりが反論して、やはり私と同じように涙が止まらなかったと書いているのを読んで、アメリカと言ってもコカコーラやジープだけじゃないんだと、新鮮な驚きを感じた。

先ごろ狂言のいくつかを今の子どもたちにも分かるように書き直すという仕事をした。自身の体験から考えると、原文のままでも分かるはずだと思ったが、時代はやはり変化しているのだろう。近く舞台にも上るらしいが、私は狂言のあののんびりした感じだけは残して欲しいと思っている。能・狂言に流れる時間は、現代に対する鋭い批評をはらんでいると思うからだ。

〔国立能楽堂　1994・5〕

牛の涎──『吾輩は猫である』

吾輩は詩人である。名前はもうない。

浮世にいたころは姓もあり、名も親につけてもらって、人並みに戸籍にもちゃんと記載されてあったはずだが、幸か不幸か浮世を離れてしまったいまとなっては、姓も名も吾ながら判然としない。墓に行ってみれば分かるかと思ってお盆の折りに訪ねてみたが、墓にはただ先祖代々の墓としか刻んでなかったから、無駄骨だった。友人の誰彼もとうに吾輩の名は忘れている。一時は吾輩の詩を愛読してくれた老若男女も、たとえ詩はそらんじていても、その作者の名を忘却の彼方《かなた》へ追いやるのは、フランスの某詩人が「詩人の魂」なる愚作において嘆じたとおりである。

ところで現在只今《ただいま》吾輩の居住しているところには、テレビというものがない。さながら明治の御代に逆戻りしたかの感がある。テレビがないのは浮世では静かでいいものだが、ここでは静かを通り越して退屈だ。ワイドショーを霊感の源としていた吾輩には、他に不満はないがそれだけがちと困る。そこでワイドショーに代わるべきものがないかと閻魔《えんま》に尋ねてみたところ、『吾輩は猫である』というふざけた題名の小説があると教えられた。クロネコヤマトで取り寄せて、早速一読して驚いた。これはいったいたいなんだ。

「これはいったいたいなんだ」という吾輩の感慨には、喜怒哀楽の感情すべてがこめられていると思ってもらって差し支えない。喜は閻魔の教示の的を射ていたことを喜ぶが故に、怒はかって浮世にあって東西の文学を読み慣れた吾輩にとっては、これは到底文学とは申せないという義憤故に、哀はなおかつそれが吾輩に浮世の懐かしさを強く思い起こさせたが故に、そして楽はもはや肉体を備えず霊魂のみとなった吾輩が、久しぶりに一頁ごとに微笑、苦笑、微苦笑、泣き笑い、哄笑《こうしよう》等々の笑いの発作に襲われた事実故にもたらされた。

一口に言えば『吾輩は猫である』は牛の涎《よだれ》の如き世間話である。牛の涎は吾輩も見たことがある。成る程長いものだ。牛の口から地面まで凡《およ》そ四尺のあいだ、途切れることなく続いている。しかもそれは長いだけでなく、甚だまとまりに欠ける。起承転結というものがひとつもない。何故そんなものを垂らしているのか理解に苦しむ。だが考えてみれば、それらはみな世間話というものの特色に過ぎぬと言ってもよかろう。『吾輩は猫である』面倒くさいから今後は『吾猫』と略記するが、件《くだん》のその『吾猫』はつまりどこから見ても世間話であるに止まっている。

『吾猫』には第一に筋がない。どこで生まれたか血統もさだかでない主人公の牡猫《おすねこ》が、生意気に二絃琴《にげんきん》のお師匠さんのとこの三毛子《みけこ》に恋をするが、三毛子はあえない最期を遂げて三味線の皮を残し、主人公自身も甕《かめ》にはまって死ぬというのが筋と言えば筋だが、作者の漱石という男は折角イギリスに留学したというのに、神経衰弱にかかって小説など一冊も読まなかったのであろう、波瀾《はらん》万丈の筋あってこそ小説だということを心得ておらん。吾輩が愛読したゼームス・ボンドものなどは舞台からして『吾猫』とは大違いだ。主人公は世界を股《また》にかけて大活躍をする。車屋の黒などは一発でのしてしまうだろう。甕にはまって死ぬなどという醜態をさらすこともない不死身である。作者も主人公を死なせた以上は、せめて化け猫として活躍させてほしかった。

第二に登場人物であるが、これにも呆《あき》れた。高等遊民とはいったいいかなる人種か。教師、美学者、理学者いずれも立派な職業である。列強に伍《ご》して世界に打って出ようとする新興日本国にとって、彼らの識見が無用であるはずがない。その選ばれたインテリたちが自らを遊民と規定して、要らざるお喋《しゃべ》りにその教養と知識を浪費している。しかも遊民の上に高等の二文字をくっつけたのはいかにもせこい。高等遊民という階級がある以上は低級遊民という階級も想定しているのであろう。遊民に高等も低級もあるものか。潔く吾輩にならって遊び人と言えばいいのだ。

『吾猫』に登場する高等遊民どもは、有り体に申せば現代の「おばさん」である。アンドレア・デル・サルトなどは、カルチャー・スクールに通う現代のおばさんなら誰でも知っている。吾輩はそう考えて胸のつかえが下りたような気になった。いい年をした働き盛りの男たちが世間話に日を暮らすのは、彼らが実はおばさんだからである。金持ちを嫉視《しっし》羨望《せんぼう》するところもおばさんである。しかし吾輩も認めざるを得ないが、これには先見の明と言うべきところがないでもない。声高に天下国家を論ずるより、日常の瑣事《さじ》にも波瀾あることを察知して世間話に低徊《ていかい》するワイドショーの流儀は、男女の別が徐々に曖昧《あいまい》になりつつあるこの世紀末においては、むしろ人間性の深淵《しんえん》をかいま見る方法として有効なものだろう。漱石という男はそこを見通していたに違いない。

この辺で『吾猫』の世間話に出没する話題について一言しておこう。話題はきわめて多岐にわたる。まず主人公の猫による鼠や蟬の捕り方の講義がある。また迷亭君による蕎麦《そば》の食い方やパナマ帽の扱い方の実演がある。もちろん首縊《くびくく》りの力学をはじめとする科学方面の話題、トチメンボーをもって代表とする食文化の話題、前述のアンドレア・デル・サルトをはじめとする美学、文学方面の横文字名前にも事欠かない。いちいち数え上げるのは面倒だからやめておくが、問題はそれらのお喋りの合間に挿入される、金言、箴言《しんげん》のごとき断片の数々である。

いわく「もっとも逆上を重んずるのは詩人である」、いわく「いつまで積極的にやり通したって、満足という域とか完全という境にいけるものじゃない」、いわく「人間はわが身が怖ろしい悪党であるという事実を徹骨徹髄に感じた者でないと苦労人とはいえない」、いわく「人間は魂胆があればあるほど、その魂胆が祟《たた》って不幸の源をなす」、いわく「己を知るのは生涯の大事である」。引用していると日が暮れるどころか、月が暮れ年が暮れてしまう。読者がギクリとするようなこういう言葉をちりばめるのが、果たして小説の技法と言えようか、いや世間話のモラルと言えようか。どうでもいい馬鹿話や嘘八百の冗談と、これらの聖賢の言とも見まがう言葉が、同一人物から発せられたとするならば、作者の猫、じゃなかった漱石という男は、詩人吾輩と違ってよほど逆上と隔たったところに生きて死んだに違いない。逆上することなく、じっと我慢の子であったのだろう。胃潰瘍《いかいよう》に倒れたのもむべなるかな。

「住みにくき世から、住みにくき煩《わずら》いを引き抜いて、ありがたい世界をまのあたりに写すのが詩である、画《え》である。あるは音楽と彫刻である」と、『吾猫』の翌々年に発表した『草枕』の中で漱石は言っている。注解者の言葉を借りれば、そういう「俗世間の人情や道徳の超越をめざす美的境地」を、彼は非人情の天地と呼んだ。『吾猫』にはそういう境地を感じさせる情景はまだ多くない。住みにくき世の住みにくき煩いを、滑稽《こっけい》に紛らわせてやり過ごそうというのである。

吾輩は詩人であるから、浮世では「非人情」の世界に生きていた。だがその非人情に不人情も混ざっていたことを吾輩は否定出来ない。漱石という男も俳句や漢詩を書いたそうだが、それは住みにくき世の人情に苦しみ抜いた果ての非人情の境地であったろう。浮世を離れたいま、詩人としての吾輩は理想の逆上状態にあると言えるかもしれぬが、ここには人情というものが欠けているから、非人情の天地もまた存在しない。詩も画も音楽も無用の長物である。だからこそ吾輩は漱石という男と、その作物に喜怒哀楽のすべてを込めた無量の感慨を催すのであろう。牛の涎は、見るだけでなく嘗《な》めてみるものである。

〔集英社文庫解説　１９９５〕

俗極まれば仙

たとえばイソップ物語を要約する大胆な語り口に、まず私は魅せられる。これはくわえた肉を川に落とす犬の話。

くわえたる肉の写りし影なるに
あな愚か水の面めがけて吠えし犬かな

一九四〇年刊の『伊曾保の譬ばなし』から引いたが、一九五九年刊の『伊曽保の譬繪噺』ではさらに簡潔になる。

よくばり犬は水にうつるくわえた肉にほえてばかみた

他にも『しんでれら出世絵噺』『山姥と牛方』『瓜姫』『ヨナ物語』など、物語をほとんど解体寸前にまで切り詰める手法の例は数多い。『へっぴりよめご』に至ってはテキストはなく、最後に「ふるさとはゆめにかも見ん」の一言が「無為」という印とともにあるだけである。文字も自刻で版画と一体となって快い画面を成しているから、これらは詩として読むよりも絵として見るべきものかもしれないが、そこに通底している川上澄生《かわかみすみお》の美意識は、独立して詩を書くときにも働いていたと見ていいだろう。一口に言うことを許されるなら、その美意識は無名の工人たらんとする意志に裏打ちされていた。

初期詩編中、まず私の心を打ったのは「純情小曲」と題された四行二連の作である。

「あたしは　あなたを　おもってる／ただ　それだけで　たくさんだ」と初連で二度繰り返し、二連を「あたしは　あなたを　おもってる／ただ　それだけで　たくさんか」と疑問形で始め、それをまた初連と同じ行で受けて終わるという単純極まりない作だが、そこには洋の東西を問わない古代人の心が息づいているように見える。そしてその四十五年後、七十五歳になった川上澄生は短歌の形をかりてこう書く。

君の名はわたなべたかこくりかえす
わたなべたかこわたなべたかこ

「あなた」と「わたなべたかこ」が同一人物であったかどうかは、さほど私の興味をひかない。生涯を一貫しているその歌いぶりに、私は川上澄生という人の、版画にも散文にも詩にも通じる生き方を感じる。だがその生き方は単に純朴とか質実とかいう言葉で片付けられるものではない。河野英一が言うような、センチメンタリズムやロマンチシズムと見られるものの根底にある「かたくななまでのペシミズムの影」が、その作品に独特な陰影を与えている。すでに『退屈詩篇』の中に次のような詩句が見える。

退屈と単調と　すっかり身についた
身に染みこんだ　私の影になった
……

（「十月二十七日（水）」）

眼に見えない　孫　曾孫《ひこ》　玄孫《やしやご》
うようよ蛙の卵みたいにつながって居る

おお　いやだ
地球の亡びる日まで　生きてるなんざ
……

だが――

もう少し　生きてよか

（「いのち」）

近代人の孤独と倦怠《けんたい》から逃れようとして、川上澄生は古代人の心に近づこうとしたのではなかったか。版画においては、それははっきりしたひとつの様式への好みとなった。近代から現代へとむかう芸術に背を向けて、彼は民芸と呼ばれるジャンルに自らの郷愁の表現を見出した。そして詩においても、彼は上掲のような作を除いて、自己の内面を直接に吐露するというよりも、民謡やお伽噺《とぎばなし》やカルタや子どものための教科書のようなアノニマスな表現に自己を託し、若いころ感動した朔太郎、犀星《さいせい》の轍《てつ》を踏もうとはしなかった。

「我は俗の俗／俗極まれば仙となるべし／我は我が人工の芸術に羽化登仙し／忽ち堕落して俗に入る／またよき哉」と川上澄生が記したのは、謙虚と同時に自恃《じじ》を言ったものだろうと思う。

〔「川上澄生／詩と絵の世界」 1995〕

「子宮」に始まる

子どものころから百科事典が好きだった。うちにある他のどんな本にも載っていない知識を百科事典は私に授けてくれたからだ。父親の書斎に並んでる冨山房のそれを見始めたのは、小学校の五、六年のころだったろうか。誰に教えられたのでもない、私は自分で百科事典を引くことを覚えたのだ。子どもの向学心というのも馬鹿にならない。もっともそのころの私の向学心は、ある限られたジャンルだけに向けられていた。今のようにテレビや雑誌があふれていた訳ではないし、私の周囲にはそういう知識を与えてくれる年長者もいなかった。私はもっぱら友人と貧しい知識を分かち合っていたのだ。

どうやら子の宮さまという神社の如きものが存在しているらしいと、友人は言うのである。なんだか訳が分からない、しかし知りたい。父の書斎の隅に少々うしろめたい気持ちで座りこんで、私は飽きずに百科事典をブラウズした。子の宮さまという項目は発見出来なかったが、「子宮」という項目を発見した。そこから「交接」という今では死語になっていて、ワープロにも入っていない言葉にたどりついた。抽象的だが図解もついていた。だがまだ訳が分からなかった。より具体的な図解（？）を求めて、今度は世界美術全集に手を伸ばしたが、そこでも私はひどくもどかしい気持ちに襲われるだけだった。

戦前に出版された冨山房の『國民百科大辭典』はいつの間にか姿を

消し、大人になった私は父のおさがりの平凡社の『世界大百科事典』を愛用した。知らないことを百科事典にあたるのは、いささかお手軽で褒められたことではないが、私はそれを世界のモデルのように受け取り、時にはテキストにも図版にも知識を超えたエロティックな肌触りを感じたのは、子どものころの記憶のせいだろうか。だが百科事典にも欠点はある。本棚をこれ見よがしに占領するところである。知識は量よりも質だと信じている私にとって、それはあまり愉快なことではなかった。

百科事典がCD—ROMになったことは、だから私にとって福音だった。本の百科事典は若い友人がでっかいヴァンで取りに来た。ワープロの隣に置いたPCは百科事典の書見機と化した。そこへある日突然マイクロソフトの『エンカルタ』が送られてきた。早速開けてみるとなんと私の名前の項があるではないか。ワーオ！　おまけに短いが私はそこで恥知らずにも詩の朗読までしていた。ついでに懐かしい「子宮」の項を出してみた。昔より理解は深まったようだが、図版は相変わらず抽象的だった。今の子どもなら百科事典なんかには頼らずに、インターネットのあやしげなサイトにアクセスするのだろう。それを羨《うらや》ましいとは思わないが。

ビデオで見て知っていた『Poetry in Motion』が、ボイジャーからCD－ROMで出たのは一九九〇年代の初めだったかと思う。それが見たくて私はマックを買った。こんなものが作れたらいいなあと思って、一時期随分ボイジャーの人と相談を重ね、イラスト入りの縦書きの見本まで作って貰《もら》ったのだが、話は立ち消えになった。九四年にはエキスパンド・ブックで寺山修司の『書を捨てよ、町へ出よう』が出た。華やかな出来で寺山が生きていたらきっと喜んだろうが、私にはこういう形は向かないなと思った。

岩波書店から全詩集をCD－ROMで出さないかという話が持ち上がったとき、私はテキスト本位のデータ・ベースのようなものにしたいと考えた。百科事典と同じく全集というのもかさばるものだから、五〇年間自分が書いてきたものが一枚の薄い円盤に収まってしまうことに私はあまり抵抗がなく、むしろその軽さが自分にふさわしいと思った。だがいざつきあってみると、その手間は印刷による出版よりも想像以上に煩雑で、電子メディアが少なくとも文学のジャンルではまだ過渡期にあることを感じさせられる。

詩の世界にもデジタル化の波は確かに押し寄せている。ＣＤ－ＲＯＭよりはるかに手軽な音声ＣＤによる詩集の出版は自費出版の新しい可能性を開いているし、詩は目読するものと思いこんできた読者に、音読の楽しさを教えてもいる。またインターネット上に発表される詩は、自閉的になりがちな現代詩に思いがけない読者層をもたらすかもしれないし、そこでは映像や音声や音楽とのむすびつきによって、活字だけでは実現出来ない新鮮な表現を試みることも出来る。

詩の小出版社の中にもそういう動きに敏感な人々がいて、例えば先ごろミッドナイト・プレスから出たＣＤ－ＲＯＭ『詩人Ｖｏｌ・１』もそのひとつだ。正津勉《しょうづべん》さんと私の自作朗読会のライブだが、声を聞きながらテキストも読め、合間に話し合う私たちの表情も見ることが出来て、印刷メディアでは不可能な親しみを詩と詩人に感じることが出来るのではないか。また先ごろ、ニュージャージーの社長自身が詩人である小出版社から出た日英両語による音声CD詩集『日本現代詩の六人』は、ほとんど手弁当の手作りという形だったからこそ、書籍では味わえない楽しさを私たちに与えてくれた。電子メディアはある意味では印刷メディアよりもたやすく国境を越えられる。そのことが詩に何をもたらすかまだよく分からないし、楽観的になるのもどうかと思うが、その「子宮」になんらかの未来が隠されていることも疑えない。

〔本とコンピュータ　2000秋〕

風穴をあける

この世に詩というものが存在しなくても生きていける人、詩をただの一度も読まずに人生を過ごす人、そんな人も多いんじゃないかなあ。でもそういう人も、文字に書かれた詩作品ではない「詩」には、知らず知らずのうちに触れていると思う。たとえば美しい風景を見たときとか、誰かを恋したときとか、好きな音楽を聴いたときとか。そんなとき人間の心持ちは、ふだんの日常生活で感じる喜怒哀楽とはちょっと違う高みにあるんじゃないか。

詩を読む楽しみのひとつは、日常とは違う視点で生きていることをふり返るところにある。だから詩の言葉はふだん話したり読んだり書いたりしている言葉、つまり会話とか論文とか週刊誌の記事とか経済や政治の世界で使われる言葉とちょっと違う。それが詩というもののとっつきにくさのひとつの理由かもしれない。

よく詩は作者の自己表現だとか、メッセージだとか言われるけれど、そしてそういう一面もたしかにあるけれど、ぼくはどちらかと言うと詩を、言葉を組み合わせてていねいに造られた工芸品のように考えるほうが好きだ。詩はまず第一に美しい一個の物なんだ。意味を正確に伝達するだけなら詩は散文にかなわない、メロディやリズムということになると詩は音楽にかなわない、イメージのもつ情報量を比べれば詩は映像にかなわない。

でも詩にはそのすべてを総合できる強みがある。それはやはり言葉のもつ力だね。実際には存在しないものを幻のように出現させる力、心のもっとも深いところを揺り動かすことのできる力。そういう言葉はぼくの考えでは、意識からは出てこない、理詰めでは出てこない、言葉のない世界、人間の意識下の世界から出てくる。そこにも詩のわかりにくさのひとつの原因がある。

でもね、一口に詩と言ってもいろいろあるんだよ。ほとんどメールと変わらないような会話体の詩、言葉の音の面白さを生かすだじゃれみたいな詩、ことわざや格言みたいな詩、抽象絵画のように日常の現実から遠く離れた詩。ある種の詩をそんなの詩じゃないと切って捨てる人もいるけど、ぼくは詩を山の頂上に向かって純粋につきつめる方向と、山の裾野《すその》のほうに拡散させる方向と、おおざっぱに言って二つの方向があっていいと思ってる。もちろんそのどっちにも上手下手はあるけどね。

日本語では詩をうたとも読むし、短歌・俳句も詩に入るから、ある意味では詩というものがとらえにくいのかもしれない。詩は世界中どこでも本来は韻文、つまり調子のいい言葉で作られていた。人の心持ちをたかぶらせるものが詩だった。でも今は日本では韻文は短歌・俳句にしか残っていない。明治以後の詩はむしろ韻文を拒んできた。だから詩と散文の区別もあいまいになってる。しかし、詩が人の心持ちをふだんとは少々違うところへ導くものだということは今でも言えるんじゃないかな。

詩は散文と同じように意味にとらわれているものだけど、通常の意味を超えようとするところが散文と違う。その点では詩はむしろ音楽に近いし、もちろん歌とも近いし、ときには絵画にも近い。日常的な感覚では無意味に思えるような言葉が、詩をいきいきさせることもある。

詩には歌も絵も理屈もばかばかしさも内蔵されてるんだ。そして言葉にならない「詩」は、私たちの心の深みに、そして日々の生活のいたるところにひそんでいる。詩は地球上のさまざまな言語の違いさえ超えて、私たちの意識に風穴をあけてくれるものだと思う。そこに吹く風はこの世とあの世をむすぶ風かもしれない。

〔朝日新聞　2001・4・28〕

人

荒木経惟《のぶよし》――青い空に白い雲が浮かんでいる

青い空に白い雲が浮かんでいるのは珍しいことではない。だから大抵の場合、それを見ていても私たちは気づかずにいる。気づいたとしても一瞬にすぎなくて、別に何を感ずるでもなくすぐ忘れてしまうことが多い。だがときどき私たちはかなり長い間、青い空に白い雲が浮かんでいるのを見ていることがある。頭に浮かぶ雲ではない何か他のことに紛れて、見ていることを意識せずに見ている場合もあるが、青い空に白い雲が浮かんでいるという光景を、ただそれだけを意識と無意識のはざまで見ているということがあると思う。そのように、青い空に白い雲が浮かんでいるということだけで、私たちの心と体が占められているとき、私たちは個性というようなものを失って、みな同じ感覚にとらわれているのではないだろうか。

だがひとたびそれを言葉にすると、その感覚は失われ、ひとりひとりのそれぞれの思いのようなものに変わってしまう。山村暮鳥《ぼちょう》は「おうい雲よ／ゆうゆうと／馬鹿にのんきさうぢやないか／どこまでゆくんだ／ずつと磐城平《いはきたひら》の方までゆくんか」と書いて、これは私たちが雲を見るときの気分の代表みたいに思われているが、気分で雲を見ることと、雲という実在に心と体が占められることとは違う。暮鳥のこの詩はいい詩だが、青い空に白い雲が浮かんでいるという事実がもたらす共通感覚を書いているのではなく、それを見たときの自分の主観的な気持ちを表現してるのだ。もし青い空に白い雲が浮かんでいるという平凡で、それ故にかけがえのない、すべての人間にとって根源的な光景を第一に考えるとすると、これは一種の堕落とも言える。

荒木さんは青い空に白い雲が浮かんでいるのを撮るとき、青い空に白い雲が浮かんでいる光景だけを撮る。近景に木や建物が入ることもあるが、それはたまたまそれがそこにあったから入っただけで、それがそこにあってもかまわないという判断以外に、荒木さんの表現はない。私たちが青い空に白い雲が浮かんでいるのを見るときに抱く、言葉にできない共通感覚を荒木さんはそういう形で再現してくれる。その何か言葉以前のモワッと匂うような圧力、それが現実というものだと思う。荒木さんは言葉によって表現される以前の、もっと裸の、訳の分からない現実を、写真という言葉とは異なる手段によって私たちに見せてくれる。

写真に写っているものが街の風景であろうと、ベッドに横たわる女であろうと、花や死んだヤモリであろうと、自宅のテラスであろうと、それは基本的に変わらない。荒木さんはそこにあるものをそのまま撮ることもあるし、自分で何かをしつらえてそれを撮ることもあるが、そのどちらかが自然でどちらかが人工、ないしは演出という区別はない。何故ないのかと言うと、荒木さんは言葉で写真を撮らない人だからだ。言いかえると、荒木さんはいつも無意識から出てくるものに動かされて写真を撮っているからだ。荒木さんは写真を撮るときは何ひとつ考えていないと思う。考えてしまうと、言葉によってとらえられた現実が、知らない間に写真に写ってしまうからだ。

自分の撮った写真を配列・編集するときにも、荒木さんは言葉で置き換えることのできるような物語や詩情を、無造作な注意深さで避けるか、壊すかしていることが多い。写真は過度な意味の文脈を形成しないようにつなげられているから、一点一点がたとえば一輪一輪の花のように無垢《むく》な実在として見えてくる。荒木さんの写真を見ていると、現実を汚し、歪《ゆが》めるのは言葉だということがよく分かるが、同時に写真からここまで言葉を追放するのは、やはり荒木さんでなくてはできなかったということも否応なしに悟らされる。青い空に白い雲というのが、私にとっての『色景』の原点だ。

〔荒木経惟『色景』序文　1991〕

人

池田澄子《すみこ》――虚空へと・『池田澄子句集』

池田澄子さんから第二句集『いつしか人に生まれて』をいただいた時、まずその題名に親しみを感じた。身におぼえがあると言えばいいのか、こういう感覚が自分にもあってそれを言葉にした記憶が甦《よみがえ》った。自分も人であるのに人という存在にある距離を感じてしまう。自分自身をも他人のようにひとつの種として見てしまう。そこにはどこかひんやりしたものがある。題名は一句の一部からとられている。

いつしか人に生まれていたわ　アナタも？

自分の外にある事物と自己の内面とを呼応させるのが俳句の伝統であるとすれば、この句はそれから逸脱しているとも見えるだろう。季語もなく、五七五の定型も守られていない。自分の外にあるものは、ここでは二人称で呼びかけられる一個の他人のみであり、それも意図的に片仮名で表記されることで、ある抽象性と軽みを帯びている。だが「アナタも？」という呼びかけには、「いたわ」という女言葉と相《あい》俟《ま》って、ユーモラスな挨拶《あいさつ》の気分も含まれている。俳諧《はいかい》のいささか異色な発句としてこの句を読むことも出来ないではない。

　俳句の伝統からは逸脱しているとしても、このような感覚が同時代的であるのは確かだ。私はこの句を現代詩の一行ないしは現代小説の会話の断片のように読んだのかもしれない。そのような読み方も可能だというところに、私はこの句の新しさを見るが、その新しさに俳句の世界がどこまで寛大になれるのか私は知らない。同種の句をもう少しあげてみる。

三十年前に青蚊帳畳み了えき

五七五の韻文性を拒んだところに独特な一息のメロディが感じられ、それがかえって緊張感を生んでいる。感傷とか感慨とかの言葉ではくくれない時空感覚、これを蚊帳《かや》という現代ではもう失われた日常の事物を惜しむ句ととるべきではないだろう。作者は三十年前を思い出している訳ではない。繰り返しのきかない時間を生きざるを得ない人間の実存が一句の主題だ。

産声の途方に暮れていたるなり

めでたかるべき産声がそう聞こえることもあるととれば、これは日常のひとこまにすぎないが、これは感覚というよりも作者の人間観に根ざすものだろう。それは作者の気質から来ると同時に、時代によってもたらされたものでもある。故にここには批評があると私は思う。

いつかなくなる家よ樹よ蟬しぐれ

人

感傷というよりひとつの事実の提示のように読める。ニヒリズムとも言うべきものを感じさせてしまうのが弱さに通じていて、好悪が分かれるだろうが、世間から一歩身を引いたところから物事を見るのは、詩の宿命と言って言えないことはない。日常の瑣事《さじ》からの発想は俳句の常道で、池田さんにもそういう句が多いが、そこでの眼差《まなざ》しがよかれあしかれ事物を離れて虚空へとさまよい出てしまうのが特徴だろう。

葉桜や生きていて腑におちぬ日の

「生きていて」というような生な言い方が、俳句では忌まれるだろうが、もっと広義の詩の世界ではこういう言葉を恐れていては、時代に迫れない。「生きていて」は観念ではない。それを肉声とせざるを得ないところで作者は日々を過ごしているのだ。いわゆる前衛俳句は言語の世界を、現実を超えるものとして、あるいは現実はとらえられないと仮定して、自立させようとするものが多いが、池田さんの言葉は池田さんの実際の生活から生まれている。フィクショナルな句もあるだろうが、それもまた生活の濃厚な肉感によって支えられている。

腐《いた》みつつ桃のかたちをしていたり

人

私は池田さんとは、淡いが三十年余にわたる近所付き合いをしているから、このような句にある痛切なものを感じとる。老いに向かう女の姿をここに重ね合わせることは、もちろんひとつの解釈に過ぎないが、この句に内在するリアリティは現代日本の現実と響き合う。長年自由詩を書いてきた者の経験から言うと、俳句という短い定型にはどうしても限界があると思うが、一行には一行の力があることもまた私は疑っていない。

春風に此処はいやだとおもって居る

此処《ここ》とはどこか。東京の街角か、自宅の居間か、あるいはこの地球上そのものなのか。それとも自分が「居る」限り、どんな場所もいやなのか。「此処はいやだ」という気分は多分単なる我がままではすまないひとつの時代感情だ。こういう感情を共有することは不幸かもしれないが、それを直視しないのはもっと不幸だ。池田さんは正直に、デリケートに、またユーモアを秘めて時代と向き合っていると思う。

一九九四年八月十七日

北軽井沢にて

〔『池田澄子句集』１９９５〕

市川崑《こん》――市川さんのやさしさ

前に見ていたのだがもう一度見たくなって、『おとうと』のビデオを借りてきて見た。見たら原作を読みたくなって図書館から『おとうと』の入っている幸田文全集を借りてきて読んだ。「ずっと見通す土手には点々と傘《からかさ》・洋傘《こうもり》が続いて、みな向うむきに行く」という原作の最初の情景を映画のファースト・シーンは忠実に写している。だが原作では「みな向うむきに行く」と、弟を追う姉の視点で語られる情景が、映画ではきわめて印象的な動いて行くたくさんの傘の俯瞰《ふかん》で始まる。そこに言葉と映像の違いが見てとれる。

原作ではこのあと姉弟の心理や性格の描写が続くのだが、それは言葉では出来ても映像では言葉のように綿密、正確には出来ない。もちろん台詞《せりふ》やナレーションという「言葉」も映画を創る上で大切な要素だが、それが説明になってしまうと映像は停滞する。『おとうと』の映画と原作を比べながら、私は唐突に思った、市川さんは映画ではすべてを、人の複雑きわまる内面ですら外面で語るしかないということを知り抜いている人ではないかと。

市川さんの映画には独特なスタイルがある。題名は別としてもタイトル文字をほとんど例外なく小さめの活字体にするのもそのひとつで、観客はその神経の行き届いた活字のレイアウトに、まず市川さんの節度ある美意識を感じとる。そしてそのあとに続く映像は、どんなに短い捨てカットでもメリハリがある。メリハリは構図、色、光と影、編集が渾然《こんぜん》一体となった画面から感じられるものだが、中でも光と影が創り出す画面の質感には、視覚にとどまらず観客の触覚にまで訴えかけるような肌ざわりがある。

現実の物や人間の外面の質感がリアルにとらえられているというよりも、むしろ光と影の魔術によって映画の場面そのものが現実にはないひとつの独自な質感をもつと言えばいいのか。動く「写真」である映画が真を写すということは、日常の私たちの眼に見えるのとは異なる世界を新たに創り出すということだ。ハレーションを伴った逆光、強い光をあてられて半面は影になっている登場人物の表情、そして画面の大半を占める微妙な階調の闇、そういういわばレンブラント風のシーンが私には印象に残る。

屋内の家具什器《じゅうき》は闇に溶けこんでいるが、それは必ずしも人物を強調するためだけではない。闇そのものが人間のそして世界のありようの比喩《ひゆ》になっている。そしてその闇はまた映画館の暗闇に、観客の心の闇に、つまり私たちの日常に溶けこんでいる。そこにこそ市川さんは映画というこの絵空事と現実との接点を探っているのではないか。

『映画女優』のラストの撮影シーンを見ていて気づいたのだが、それはまた撮影所のスタジオそのものの情景でもある。スタジオでは撮影中の場面だけが光のうちにあり、周囲は闇だ。撮影しているカメラの背後にあるもう一台の見えないカメラ、妙な言い方だが、そのカメラは映画の映画を撮っている。そんな二重の視点も、ときに市川さん

人

の画面に微妙な奥行きを与えると私は思う。

映画は動き続けているものだが、市川さんの創る画面は一枚の絵画のように見えることがある。そんな時、私はもっとも強く市川さんの眼を感じる。その眼は何ひとつ見過ごそうとはしない。幸田文は祖母のものの見方を「ただ見るというのではない、見抜く眼の捉えかたである」と書いているが、動き続ける映画も一齣《ひとこま》をとって見れば静止している。市川さんはその一齣一齣に眼を据えて、何かを見抜こうとし続けている。

その何かはおいそれと言葉にすることが出来ない。だがこうは言える。美しい画面を創ろうとする市川さんは、世界は美しいのだ、人間も美しいのだと、闇を額縁とした映像をかりて言い続けているのではないか。私たちが見過ごしがちな美しさを発見し提示しようとする市川さんの情熱に、私はやさしさを感じる。

——

市川崑――光と影

市川さんとのおつきあいが始まってから、三十年近くなります。もう大分お年のはずですが、市川さんはいつ会っても初めて会ったときとちっとも変わりません。歯の間にぶら下がってるタバコも相変わらずです。おつきあいの年月を実感するのは、むしろ市川さんの映画に登場する俳優たちの顔を見るときです。岸田今日子さんも、日下武史さんも、神山繁さんも、加藤武さんも私の古い知り合いです。娘や息子役だった彼らが、いつの間にかどちらかと言えばおばあさん、おじいさんに近い役をやるようになっています。変な話ですが私にはそれが嬉《うれ》しい。同じ時代をともに生きてきたのだという一種の同志愛が湧くのです。

　この『天河伝説殺人事件』の試写を観たあとの雑談の折り、市川さんが角川春樹さんと、映画っていうのは結局光と影ですからねえと話されていたのが印象に残りました。どんなおどろおどろしい人間の劇も、長い歳月も、映画は光と影で表現します。そのはかなさが映画の魅力のひとつでしょう。私たちは知らず知らずのうちに、そのはかなさを実人生と重ね合わせているのです。

　市川さんの照明の使い方の見事さは定評があります。たとえば水上家の屋敷や、天河館の室内にさしこむ光、それが人工の照明だということを知っていながら、私たちはそこに自分たちが現実に生きている人日々のうつろいと同じものを感じます。それはギリシャ悲劇をもたらしたあの透明なエーゲ海の光とも、また数々の名作を生んだハリウッドの眩《まぶ》しい光とも違う日本の風土に根ざした光ですが、その光があきらかにする人間の影には通じ合うものがあります。

この映画にはまがまがしい凶器のアップもなく、血塗られた殺人現場も出てきません。しかし絡み合う親子の情、男女の情の恐ろしさと哀しみは、コンピュータ映像を駆使したホラー映画にもまして生々しく描かれていると思います。ほんとうに恐ろしいのは怪物でもエイリアンでもなくて、そういう幻を生み出した人間の魂なのだということを、市川さんがよく知っているからでしょう。そこに東西、古今の別はないのではないでしょうか。

この作品のひとつの核となっている能もまた、古くから人間の情念を描いてきました。しかし今の若い人たちにはまどろっこしいようなゆるやかな動きと、間の多い音楽のうちにひそむドラマは、今も決して古びていません。絶え間なく進歩を続けるテクノロジーの恩恵に浴しながらも、私たちはどこかでその行く先に不安を感じてもいます。そして次々に新しいものを求める私たちの魂そのものは、決して進歩もしていなければ、新しくもなっていない。むしろそれは百年前、千年前と変わらないからこそ、日々よみがえることができるのではないか、この映画の美しい光は私にそんなことを感じさせます。

〔――〕

大江光《ひかり》――音楽で語る内なる声

作曲者を知らずにこれらの曲を聴いたら、ほとんどの人がモーツァルトかハイドンの若書きではないかと思うだろう。ここには十八世紀から十九世紀にかけてのヨーロッパの、いわゆるクラシック音楽の響きが色濃くただよっていて、誰もがそれへの連想から逃れることは出来ない。だがその連想はこれらの曲を聴くさまたげにはならない。むしろそのことが、聴く者の気持ちを安らかにし、一種の郷愁に似た感情へといざなう。

私にとってはこれらの音楽は、幼いころ習ったクレメンティやクーラウのソネチネをも思い出させる。そういう小曲がバッハやベートベンの大曲とはまた違ったしかたで、私の感性の一部に深い影響を与えていることを私は自覚している。光さんの音楽に私の感じる懐かしさは、そのような幼時の思い出ともむすびついているし、また音楽そのものがまだ過剰な自意識に侵されていなかった時代の、一種の無垢《むく》な感じともむすびついている。

　それらの音楽は私と同時代の作曲家たちが作るいわゆる現代音楽とどれほど遠く隔たっていることだろう。しかしだからと言って、その系列に連なる光さんの音楽が時代遅れかと言えばそうは言えない。モーツァルトやハイドンがいつまでも古びないで、私たちに音楽の喜びを与えてくれるように、光さんの音楽もまた私たちに新鮮な感動を与える。

私たちがいま生きている二十世紀という時代と、光さんの音楽はいささかのかかわりもないと言っては、言い過ぎになるだろう。彼の才能がここまで開花したのは、彼を取り巻くこの時代の音楽環境のおかげだと考えても間違いではないと思う。それはただ単にラジオやCDの発達とか、あるいは経験ある聡明なピアノ教師に恵まれたとか、また芸術に理解ある家庭に育ったというような見易い、しかしそれだけでも大切な事実にとどまるものではない。

私たち日本人がヨーロッパのクラシック音楽に、みずからの魂の表出を託せるようになっているということ、そこまでその種の音楽が私たちの心身に浸透していて、それがほとんど私たち自身の伝統にすら

人

なっているということ、その事実のほうがさらに重大だろうと思う。それはまたヨーロッパに発達したいわゆる洋楽の、他の文化圏における音楽とは少々異なる普遍性ということともかかわっているに違いない。

もし光さんが十八世紀の鎖国下の江戸に生まれていても、三味線や尺八の美しい小曲を書いていたかもしれない。光さんの言語化しにくい感性を引き出したものが、ある時代と文化に根差した特定の音楽なのか、それとももっと一般的な音楽そのものなのかを考えるのは興味深いが、それについて言う資格は私にはない。私はただ光さんが、かつて夢中になった小鳥の鳴き声でもなく、おそらく聞こうと思えばいくらでも聞けたポップスでも、いわゆる邦楽でもまた現代音楽でもない、ヨーロッパのクラシックに魅《ひ》かれたこと、そしてその魅かれかたが私たちにとっても、きわめて自然に思えることを大変興味深く思うと言うにとどめよう。

すべての芸術、学問と同じように、光さんの音楽もまず模倣ということをその基礎としている。独創がいまほど尊ばれなかった近代以前には、伝統を正しく受け継ぐことこそが芸術家に課せられた使命だった。伝統への反逆が芸術を不断に新しい創造へと駆り立て、そこに多くの天才が輩出したのは誰もが知っている事実だが、それが芸術に幸いしたのかどうかはかえって分かりにくくなっているのは、どんないわゆる現代芸術を見てもあきらかだろう。

光さんの音楽はそういう現代の芸術が陥りかけている退廃からも病

からも速く離れているように聞こえる。もし現代を軸として考えればそこにある不満を感じる人も多いかもしれない。だがもし時代を超えて私たちを感動させる音楽というものを軸として考えれば、時代に毒されずに作曲を続ける光さんの耳には、同時代の音楽家たちには聞こえない何ものかが響いているのかもしれないとも思う。あるいは逆に同時代の音楽家たちが聞かざるを得ない騒音を、幸運にも光さんは聞かずにすんでいるのだと言ってもいい。

独創とか個性とか呼ばれる近代の幻想よりももっと深く大きい伝統の流れに、なんのてらいもなく身を浸せる光さんに、私は一種の羨《うらや》ましさを覚える。そこに働いている知性と感性は無垢であると言うには、洗練され過ぎている。二百年近く昔のヨーロッパ音楽ふうのスタイル

人

を光さんが選んだのは意図的であるとは思えないが、だからこそそこには時代に対するひとつの、もしかすると本能的と言っていい批評があるようにも感じられるのだ。

それはまた音楽というものが生まれる不思議をも、否応なしに私たちに感じさせる。自閉症に出現するいわゆるサヴァン症候群の人たちのもつ、数学や彫刻や音楽における異能にも通じる光さんの才能は、私たちが社会生活を送る上で必要とする能力とは異なるところにある知性と感性の存在をあきらかにする。だがその知性も感性も決して私たちと無縁なところにはない。かえって私たちに芸術というものの神秘を解き明かす鍵《かぎ》ともなるものだろう。

未来の科学がそのいくばくかを説明することもあるかもしれないが、

同時にそれはどんなに解明されてもされ尽くすことのないもの、父親である大江健三郎さんの言葉を借りれば「恩寵《グレース》」としか呼べない、個人を超えたある力の存在することを私たちに教える。

〔SWITCH　1992・11〕

大岡信――大岡の知

先日イギリスのジャーナリスト、ポール・ジョンソンの書いた『インテレクチュアルズ』という本で、アーネスト・ヘミングウェイは知識人だが、イヴリン・ウォーは知識人ではないという箇所を読み、目から鱗《うろこ》の落ちる思いがした。その後、ある集まりで大岡信を聴衆に紹介する機会があり、私はジョンソンを引いて、知識人ではないところが大岡の長所だと言ったのだが、短い時間で私の真意が伝わったかどうかはいささか心もとない。

ジョンソンは他の箇所でウォーの文章を引きながら、彼が知識人ではない所以《ゆえん》をきわめて説得的に論じている。だが、同じようなことを大岡についてしようとしても、私には読者を説得するだけの自信が欠けているから、ここでは自分の直観を信じて、もっと単純な知識人の定義を引用するにとどめよう。ジョンソンによれば知識人とは「人間のほうが観念よりも大事であること、人間がすべてに優先することを忘れてしまう」人々である。大岡は少なくともそういう人々には属していない。

だが、散文作家と詩人では「人間」というもののとらえかたが、おのずから違う。「ニンゲンの顔ばかり見て過ごすのも／くたびれることだ／顔が星空をしてゐる人／目が大洋をしてゐる人が／満員電車に一人でもゐると／そつと憧れてしまふ」と書く時、大岡は人間を宇宙人の文脈のうちに置こうとしているが、これは観念への逸脱とは異なると私は思う。人間関係のリアリティは、その背後の人間の自然との関係、宇宙との関係に支えられていることを、この詩人はよく知っているからだ。

この選詩集でもその跡をたどることは難しくないが、大岡は若いころフランスのシュルレアリスム運動の影響を強く受けている。しかしその影響の受けかたは、他の多くの日本詩人たちと違って舶来崇拝的なものではなかった。むしろ私たち日本人の心身の奥深くひそむ汎神《はんしん》論《ろん》的な感じかたと、シュルレアリスムが共振したのだと、そのように見ることも出来るのではないだろうか。これは大岡の国文学の古典における素養の深さとも無関係ではないと思うが、もっと深く彼自身の資質にかかわっている。

以前に書いた小文の中で、私は大岡をウエーヴィクルにたとえたことがある。ウエーヴィクルとはイギリスの天体物理学者アーサー・エディントンのつくった新語で、物質の基本状態であるパーティクル（粒子）とウェーヴ（波動）の両属性を一語で表したものだが、大岡が自身の随想に「語はウエーヴィクルの類同物ではないだろうか」と書いているのを読んで、その言葉が同時に大岡自身をもよく語っていると感じたのだ。

ここで粒子性を西欧社会における個にあてはめ、波動性を日本社会における和になぞらえたい誘惑にかられるのだが、そういう二分法の罠《わな》に陥る愚は知識人たちにまかせておこう。現実は対立し、矛盾しあ

うふたつの面から近づいてこそ、その一なる全体性を垣間《かいま》見させると
大岡は確信していて、それはまた詩人であると同時にすぐれた批評家
でもある彼の一貫した方法でもあるが、この集に収められた詩集の題
名『悲歌と祝禱』にもその一端をうかがうことが出来よう。
たとえば集中の「石はせせらぎに灌腸される。／石ころの括約筋の
ふるへ。／石ころの肉の悩みのふるへ。」という詩句に現れている、
石と水というこの粒子性と波動性の代表のようなふたつのものの相即
相入的な表現ひとつをとってみても、彼の資質はあきらかだと言って
いいだろう。
石ころと括約筋という意外な語の組み合わせは、シュルレアリスム
的に見えるが、無意識に出てきた組み合わせではなく、十分に意識さ

れたものだ。それはまた暗喩《あんゆ》的に響くかもしれないが暗喩ではなく、石ころに括約筋が存在することはひとつの事実のようにとらえられていて、むしろ禅語のおもむきさえある。しかも古代日本人にとっては神の宿るところであった石に大岡が見るのは、霊性でも聖なるものでもなく肉である。

汎神論というよりは、そんな言葉があるかどうかは知らないが、汎エロティシズムとも呼ぶべきものが彼の詩の底流をなしていて、それが彼を観念に淫《いん》することから救っている。「よしないことを詮索するな、／見るべきものは限りなく、／おまへの眼は二つ。／からだは一つ。／気まぐれな思ひに耽るな、／おまへの中に無限があるのに。」と書く時、大岡が知識人の知とは異なる知を目指しているのは確かだ。

＊『インテレクチュアルズ』（別宮貞徳訳、共同通信社、１９９０）からの引用は多少原文と異なっています。

〔Lapis Press より刊行の大岡信詩集（英訳）の序文　１９９０〕

大岡信――「忙即閑」を問う

去年の冬、パリはすごく寒くてね。珍しいことなんだそうだけど雪も降った。一緒に詩祭に行った大岡がそこで体調を崩しちゃったんだよ。この体調を崩すって言いかたぼくは嫌いなんだけど、そう言うのが一番ぴったりだった。だって大岡は別に持病もないし、年に二度とかドックに入ってるし、朝飯にはコレステロールの少ないサラダ油でいためた野菜入りのスパゲティ食べてるし、外国へ行ってもいつもほんとに元気なんだものね。それが急に血圧が上がっちゃってふらふらし始めた。

人

会が終わったあとの打ち上げでも、酒を飲まないって言い出すんだ。大岡が酒を飲まないなんて、それだけで恐怖以外のなにものでもない。とうとう途中でタクシー呼んでもらってホテルへ戻るって具合で、みんなほんとにおろおろした。特にぼくは春にぼくらの「櫂」同人の友《とも》竹辰《たけたつ》をなくした記憶がまだなまなましかったし。大岡は結局詩祭なかばで日本へ帰ったんだけど、折り返し律義にまだよろよろした自筆でファックスが入って、大事には至らなかったと分かってひと安心。あれは薄いレインコート一枚というのが悪かったんだ。

大岡とは何度か一緒にヨーロッパへ行ってるけど、連詩や朗読の仕事が終わったあとも、ホテルの部屋でまた仕事に精を出してる。大体「折々のうた」だよね。今はファックスという便利で不便なものが出来たから、サボる訳にはいかないんだ。ぼくなんかそれを横目で見ながら、ベッドにひっくりかえって電話で東京の連れ合いと、知り合いの誰彼の噂話に精を出してるって次第さ。内心じくじたるものもあるけれど、大岡は「『忙即閑』を生きる」人だから、ま、いいかとも思ってる。

大岡はきっと仕事を仕事と思ってないんだ。書くことも喋《しやべ》ることも、彼にとってはスポンテニアスな生きる喜びのひとつになってる。若い頃はそうでもなかった記憶があるけれど、いつの頃からか大岡はお喋りになったね。「櫂」の集まりなんかでも、友竹がいる頃は友竹がひとりで道化役をやって座を沸かしていたものだけど、今じゃ大岡の独壇場だ。話題は最近の彼自身の仕事のことが多い。私的な話題というよりどちらかと言えば公的な話題。それがいつも無邪気な自慢話になる。だから面白い。面白いだけじゃなく、ためになる。ためになるなんて言うと怒るかもしれないけれど、ぼくなんかにとってはほんとにそうなんだ。どれだけ耳学問したか分かりゃしない。

「死ぬ前日まで口述ででも仕事をし続けた」正岡子規《まさおかしき》は『病牀六尺』でこう書いているという、これも大岡からの孫引きだけど。「悟りといふ事は如何なる場合にも平気で死ぬる事かと思って居たのは間違ひで、悟りといふ事は如何なる場合にも平気で生きて居る事であった」。そして大岡は続ける。「彼の当時の文章に頻出する語は『愉快でたまらぬ』というものだった。今日の仕事が出来ることが、彼にとって今日の命の証しであり、それがそのまま大量の閑暇と愉快の源泉だった」
愉快に生きる、快活に暮らす、それは大岡の理想であると同時に、実際でもある。奥さんの深瀬サキさんによれば、家ではむっつりしてることもあるらしいけれど、人前では大岡はいつも元気だ。腹を立てることも多いが、腹の立てかたがからっとしていて、いわば快活に怒ってる。ぼくには真似が出来ない。外から見れば、愉快に生きることの出来る条件はぼくと彼とでそう違いがある訳ではないし、ぼくも人前では快活に見えているかもしれないが、中身がどうも違うな。愉快に生きられるのは大岡の資質なのか、意志なのか、それとも酒のおかげなのか。

大岡はさまざまな主題でエッセイを書く、翻訳をする、アンソロジーの編集をする、大学で若者たちを教える、日本だけでなく外国にまで出かけて行って講演をする、座談会にもしばしば引っ張りだされる、詩だけでなくいろんな書き物の審査を引き受ける、もう辞めたけど例えばペンクラブの会長をはじめとする組織の舵取《かじと》りも厭《いと》わない。それらの仕事が「忙即閑」の時間でなされていることは、彼が時に苦々しげに、時に楽しげに喋るのを聞いていると分かる。うまいものを食ったり、いい酒を飲んだりすることとの区別はなく、みんなひっくるめて滔々《とうとう》と時間が流れているってことが感じられるし、おそらく彼にはそういう仕事に対する自負と使命感もあるだろう。でも詩はどうなんだ、とぼくは思う。大岡は詩人じゃなかったのか、詩もまた彼の他の仕事と同じ「忙即閑」の時間から生まれうるものなのだろうか。

人

　ここからはぼくは言うことに自信がない。勘だけで言う。近頃の大岡の詩の口調というか、語り口にひそむ一種の公的な感じ、自己の内面に向けられるより、他者に向けられ過ぎているような感じ、オレは世界をこういうふうに感じてるんだ、オレは詩ってこういうもんだって思ってるんだと、むきになって人に主張してるような感じ。講義されてるようだって言うと言い過ぎだけど、大岡の他の仕事と詩が地続きになってきていて、詩が大岡の「忙」にまぎれてしまいそうな感じ……なんだかふだんのぼくの持論と矛盾してるみたいだな。ぼくは詩はもっと俗っぽくなったほうがいいといつも言ってるし、詩を他の書き物と違うところに祭り上げる気もないはずなのに。ぼくは大岡が詩においてすら元気なのを、羨《うらや》んでいるだけかもしれない。

子規は確かに「忙即閑」を生きていたんだろう。でも病床から起き上がることも出来なかった子規の「忙」と、東奔西走する大岡の忙しさとはちょっと違うような気がする。だから「閑」もきっと違うはずだ。子規を持ち出すことで大岡は多忙な自分に言い訳してるようにも見える。詩という微妙なものがどこでいつ生まれるかは、ほとんど神秘の世界に属している。詩を書こうとする時、人はひとりで裸で何も持たずに世界と自分に向き合わざるをえない。少なくともぼくにその時必要なのは、絶対的な「閑」だ。ぼくは恐ろしくて「快活」にも「愉快」にもなれない。特にこの時代に、この現代世界に生きていては。

「私は相変わらず詩作における時代錯誤の場に立ち続けている人間

で、これはもう死ぬまで変わらない」と大岡は言う。確かに時代錯誤の場に立って時代に拮抗《きっこう》する道はあるし、時代錯誤そのものも今や時代の多様性のひとつとも言えるが、そう言い切る大岡の元気に、鬱《うっ》気味のぼくは彼の血圧も含めて、いささかの心配を感じざるを得ないんだ。

付記。先日大岡に会った。煙草をやめ酒を減らし、ダイエットして五キロ痩《や》せたそうだ。禁煙も節酒もダイエットもちっとも苦にならないという。もう心配するのはやめた。

〔國文學　1994・8〕

岡崎乾二郎《かんじろう》――なんだこりゃ

岡崎さんが作ったものを初めて見たとき、なんだこりゃと思った。ポリスチレンとかを切って、ちょっと色なんかつけて、組み合わせてはっつけて、壁にひょいと掛けてある。小学三年生の美術の宿題みたいだと思った。それも手が器用じゃなくて、どうしても仕上げが雑になってしまうってタイプの子のだ。俺だってこんなもんなら十分にひとつは作れらあ、それなのに岡崎さんはそれをみっつよっつしか作ってないみたいだ、きっとすごく怠け者なんだろう。でもなんだか訳が分からないが岡崎さんの作るものが気になった。実を言えば、なんだこりゃと思えたのがいい気持ちだった。

友人の金関寿夫《ひさお》さんがそのひとつを買って、デュシャンと並べて居間の壁に掛けたのにはびっくりさせられた。いったいいくらで買ったんだろう、あんなものに値段なんてつけられるんだろうかと思った。でも金関さんはそれが気にいってるらしかった。その下でワインを飲み、モーツァルトを聴いていた。

ゴミを拾ってきて並べたり、木の小枝を床に置いたり、現代美術というのがいろいろ突拍子もないことをするようになってるのは、少しは知っていたから、岡崎さんの作るものも現代美術なんだろうなあとは思ったが、なにしろあんまり簡単な美術なので、ちっとも有難味がなかった。あんなものしか作れないいんだから、岡崎さんてきっとポケーっとした人なんだろう、無口な子どもみたいな人で、理屈なんか全然言えないんだろうと思った。

ところがたまたま一緒に絵本の仕事をするようになって驚いた。喋るときはものすごくよく喋る。今のいろんな学問についても僕よりはるかに詳しい上に、喋ることがちゃんと自分の身についていて、筋が通っている。なぐりがきのマンガみたいな絵本の絵は、細かく計算され、何度も画き直されている。結局使えなかったけれど、幼児のための数学入門の、絵ではなくテキストを書いてもらったときは、あんまりうまいのでみんな感心してしまった。岡崎さんはすごく頭がいいのだ。

わざとあんな小学生の宿題みたいなものを作ってるんだということ

が、だんだん分かってきた。画こうと思えばレオナルドのような絵だって画けるのかもしれないが、それは意識してやらないんだ。わざと画かない、わざと作らない、そのやらないほうのものの重みがこっちにもひしひしと感じられるようになってきた。そのくせ実際の岡崎さんの作品を見ていると、そんなことは全く気にならない。

数年後、小学生の宿題は突然すごくでっかくなった。小さな画廊でそれらはSF映画の中の育ちすぎた植物のように、空間を占領していた。相変わらず柔らかいプラスチックをホッチキスで止めたりして作ってあったが、迫力が違う。でも圧迫感はない、そのかわり軽みとユーモアがある、見てるとおなかの中で自分がくすくす笑い出しているのに気づく。現代美術や現代思想のかかえている諸問題が、頭からすうっと抜けていってしまう。あらゆる権威から自由で、あっけらかんとしていて、大胆で繊細で、要するに美しいとしか言いようがない。

面白いのはそれらがどんなに大きくなっても、タダに見えることだ。石や鉄と違って大体材料が安そうで、長続きもしそうにない。こわれてしまってもいいんだよと、言ってるみたいだ。永続性は作品そのものにあると言うよりは、それを作った行為のほうに感じられると言えばいいのか。現代美術でもいかにも高価そうなのはある。高価そうだからこそ、私有したいという欲望をそそるものがある。しかし、岡崎さんの作るものは市場からも自由であるような感じがする。売れなきゃ食えないんだから、これは作家にとってはあまり歓迎すべきことではないかもしれないが、僕は岡崎さんの作品をうちへ持って帰りたいとはあまり思わない。一度でも見たということ、そのとき自分がなにを感じたかということ、それを大切にするのがこの作家にふさわしい対応じゃないかと思う。

美術に限らないが、作品の中には作者のアイデアみたいなものが一目で分かってしまって、それが分かればもういいやと思うのもあるが、岡崎さんの作るものはそれらとははっきり違う。作家本人の考えを知った後でも、なんだこりゃという気持ちはなくならないし、いつまでも目を遊ばせて楽しむことが出来る。

一日制作中の岡崎さんを練馬《ねりま》のアトリエに訪ねた。パッチワークみたいな新作が三点壁に掛かっている。かたわらの机の引き出しには、端布がいっぱいつまっている。一見即興的に見えるが、ちゃんとデッサンをして、型紙をとってから接着してゆくのだそうだ。布のエッジが、きちんと切られたり、裂かれたり、焦がされたり、はがれかかっていたり、さまざまなのが面白い。プラスチックの立体よりもずっと俗に通じるところがあるが、綿密に計画して雑に見せようという岡崎さんの作りかたに変わりはない。マチスの切り絵を連想した。どんなに新しいことをやっても、その根っこは人類の美術史のどこかにつながっているのだと思った。それは不名誉なことではないだろう。

〔1986・3〕

小田久郎《きゆうろう》――『戦後詩壇私史』

小田さんが雑誌「花神」でこの連載を始めたのを読んで、新鮮な驚きを感じた。こういう形で戦後の詩を振り返る文章はまだほとんど誰も書いていないなあと思い、またこれは小田さんでなければ書けないものだとも思った。その自負は小田さんにもあっただろう。書き残しておかなければという痛切な感情が、第一回から感じられた。その時私の抱いた期待はこうして一冊にまとめられたいま、いささかも裏切られていない。

新しく書き加えられた序章に「――あれから四十二年たつ」という人

箇所を見て、私は胸をつかれた。その時間を私は小田さんと共有している、そしてまたその時間を私は他の同時代の詩人たちとともに生きてきた。詩はひとりで書くしかないものだが、その仕事は志を同じくする多くの人々によって支えられているのだという当然な事実に、私はあらためて気づいた。その人間群像が、編集者、出版人、詩人たちも含めて、しかしなんと人間くさいことか。書かれた詩作品や批評をたどりながらも、詩を生み出し、世に出す人々の生態がいきいきと描き出されているところに本書の魅力があることは、詩に関心をもたない読者も認めざるを得ないだろう。

断っておかなければならないが、本書は一九四五年から現在までの詩史を扱っている訳ではない。「戦後二十年の転換点」という副題をもつ終章でこの八百枚におよぶ大冊は終わっている。六十年代後半から七十年代にかけて、詩が時代の潮流にのったかのような時期があったが、その直前で閉じられるこの本は、しかしそれだけに「戦後詩の夜明け」の熱気を伝えて余すところがない。

私はどちらかというと、いわゆる詩壇なるものからほどほどの距離をおいて詩を書いてきた。あまり仲間を必要としない気質や、詩人のつきあいの必需品たる酒が飲めないなどの理由もないことはないが、詩に限らず歴史意識が欠けていたことが最大の理由だろう。だがこの本を読むと、私もまた知らず知らずのうちに歴史にかかわってきたのだという感慨を抑えることが出来ない。そのいくつかの節目を小田さんは作ってくれた。

人

最初の詩集を出したばかりの若年の私を「現代詩手帖」の前身である「文章倶楽部」の、投稿詩の選者に抜擢《ばってき》してくれたのは小田さんである。「黒いソフトに黒いサックコートの殺し屋タイプの男が私の前にあらわれた……ひきしまった口元を、むかしのハンサム岡田時彦のようにゆがめながら、洗練された都会的な口元でしゃべった」と木原孝一《こういち》が書いているというが、私もなんだかおっかない人だなあというのが第一印象で、そのおっかない人が、詩に対して並々ならぬ情熱、しぶとい野心をもっているのに気づいたのははるか後年になってからだった。

大先輩である鮎川信夫《あゆかわのぶお》さんとともに、怖いもの知らずの新米は自分のカンだけに頼って詩を選び、結果的には石原吉郎《いしはらよしろう》を筆頭とする何人かのすぐれた詩人に出会った。そのことの意味すら私は分かっていなかったのだが、振り返ってみるとそれは私が誇っていいことだと思う。年齢も経験も詩に対する考えの深さも私とは比べものにならない鮎川さんと、よい詩の評価については意見が一致したことも、いま考えると意味深い。小田さんはそれも予測していたに違いない。

「いまあなたが何を考えているか知りたい」という言い方で、散文を書くようにすすめられたことがある。それは普通の編集者の執筆依頼とはまるで違っていた。小田さんがそういう言い方で言ってくれなかったら私は書かなかっただろう。その時書いた文章は、散文が不得手な私に初めて詩を散文で語ることの大切さを教えてくれた。またこれは最近のことだが、詩を送る度に折り返しファックスで励ましてもらったこともある。小田さんは私にとって、やはり思潮社「社長」ではなく、詩の同志なのだと私は思った。

時代に拮抗《きっこう》する詩人、詩作品は近年ますます出にくくなっている。小田さんのこの文章を連載した大岡信編集の「花神」が休刊を余儀なくされた一事をもってしても、私たち詩にかかわる者が直面している困難はあきらかだ。小田さんがいま詩のおかれた状況をどう見ているのか、今度は私が「いまあなたは何を考えているか」と問う番だ。本書の続編を私は切望している。

〔波　1995・1〕

香月泰男《かづきやすお》――『春夏秋冬《はるなつあきふゆ》』

香月泰男さんの絵を愛している人は多いでしょう。私もそのひとりです。しかし絵を愛している人に比べて、香月さんの文章を愛読している人は多分はるかに少ないと思います。『私のシベリヤ』『画家のことば』など何冊かの本が出版されていますが、少なくとも私はこの本を編集することになって初めて、香月さんの文章の真髄に目覚めました。

「トルソーの持つ美しさ、私の綴るものもさうありたい。それが出来ないなら下等動物の如く、きれぎれになつてゐても生きてゐるものでありたい。それも叶はぬものならば、打ち砕かれた石ころであってくれればと思ひます。しかしそんな願望は所詮無駄なことでありませう。私の絵と言葉とは真反対なことを申してゐるかも知れませんが、その時は絵の方が本当で文章の方がうそごとなのです」

そう香月さんは書きます。「トルソー」「きれぎれになってゐても生きてゐるもの」「打ち砕かれた石ころ」という言い方の中には香月さんの謙遜《けんそん》と自恃《じじ》が同居していますが、これがいかに正確に自分の書くものを言い当てているかは、この本に収められた文章をひとつでもふたつでもお読み下さればすぐに分かることです。香月さんが書かれた文章のうちの最良の部分は、ほとんどすべてアフォリズムに近いのです。

それらが絵に比べて「うそごと」というふうには私は思いません。むしろわずか数行のうちに語られている真実に私は圧倒されます。それらはひとりの画家の痛切な内面を、なんでもない日常性のうちに明らかにしてくれるばかりではなく、同時代の私たちがともすれば見失いがちな知恵を、強靭《きょうじん》な文体でずばりと語ってくれます。

私はご縁があって、香月さんに何度かお会いしていますし、お宅にうかがったこともあります。またご一緒に仕事もさせていただきました。そんな折々に知った香月さんの人柄を私は敬愛していましたが、これらの文章によってそれ以上のものを知りました。絵を見ているだけでは分からない、あるいは一緒にワインを飲んでいるだけでは分からない、香月さんという一個の人間を知ることが出来たのを私は幸いに思います。
しかしまた、もし絵と反対なら文章の方が「うそごと」なのだという言い方に、私は香月さんの言葉に対する厳しさと不信をも見ます。言葉に偽られることを嫌ったからこそ、香月さんは絵を描きつづけたのではないかとさえ私は思います。この本には収められていませんが、香月さんの「シベリヤ・シリーズ」が私に感じさせるのも、言葉に惑わされずに真実をつかもうと願った香月さんの苦闘する姿なのです。

〔1993〕

人

金関寿夫――『雌牛の幽霊』

「書きかけの詩があるんだ」と金関さんが言う。「へえ、どんな詩ですか、見たいなあ」と私が言う。「題は決まってる」と金関さんは言う、「雌牛の幽霊」……私の頭の中は突然ひどく忙しくなる。舞台はたぶんヨーロッパの小国、時間はそう、なんだか真夜中ではないような気がする。夕ぐれかもしれない、とにかく霧がかかっている。雌牛の幽霊は普通の生きてる雌牛とおんなじようにのっそりと姿を現す、おそらく灌木《かんぼく》の茂みから。雌牛は恨みごとは言わないだろう、ただうるんだ大きな目でじっとこちらをみつめるだけだろう……。

ではどうしてその蝸牛が生きてる蝸牛ではなく幽霊だと分かるのか。答えは簡単、蝸牛が幽霊だということはそのきわめて詩的な題名によってすでに明らかなのである。でもいつ完成するんですかと聞いても、金関さんはにやにやするだけだ。金関さんの英語で書かれた詩をまとめて読んだのは、亡くなったあとである。「蝸牛の幽霊」を探したがそれにあたる作はなかった。とするとこの幻の名作（と私は信じて疑わない）は、もしかすると金関さんが日本語で書こうとした唯一の詩かもしれない。

と思っていたら、一九九〇年に金関さんが書かれた「日本人の英語詩」というエッセイの中に次のような一節を発見した。「日本人のくせして英語の詩を書くというのが、私には妙に気恥ずかしいのです。

日本語で書いた上に英語でも書くというのならまだしも、私のばあいには、日本語では、二、三篇の戯詩以外には、書いたことがありません」。とすると、「雌牛の幽霊」は書かれていたのだろうか。なんらかの理由でそれを金関さんは引き出しの奥にでも隠していたのだろうか。

金関さんは続けてこう書く。「といって英語の詩でもそんなに沢山あるわけではなく、四十代から、五十代にかけて、全部で百篇足らずの詩らしきもの――主としてふざけたものですが――を書いたことがあるだけ。それもアメリカの雑誌を含めていくつかの雑誌に、こっそり発表したり、昔、リンドリ・W・ハベルやダンノ・ヨーコなどとやっていた同人雑誌（*Anthology*）に載せてもらったことがあるきりなのです。そして今はもう、書こうとしても、一行も書けなくなっています」。三十六篇しかないからこの詩集は金関さんの全詩集ではない。

どうして日本語で書かないのかという疑問に対して金関さんはこう答えている。「私は日本語をよく知っている。（本当かな？）だから一行書いたら、すぐ駄目だということが分かってしまう。しかし私は、英語をそれほどよく知っているわけではない。だから英語ならば、作品の欠点が自分でもあまりよく分からない。したがって比較的ご機嫌で詩が書けるわけです」。私は金関さんの百分の一も英語を知らない。しかし金関さんの英語で書かれた詩が、日本語に訳されても実に好もしいものだということはよく分かる。ふざけたものであっても（例えば「乳房」）、真面目なものであっても（例えば「戦争中の中国の思い出」）、詩の背後に金関さんの人柄がはっきり感じられる。金関さんは美辞麗句は書かなかった。生きることが好きだったから、その豊かな味わいを言葉にせずにはいられなかったのだ。

師としてというより、年長の友人として金関さんを今も敬愛してやまない人たちがそれぞれに詩を訳し、この詩集が出来上がった。金関さんは怒らないと思う、先にあげたエッセイの中で金関さんはこうも書いているのだから。「とにかく私は、自分が英語の詩を書くということを、それほど真面目に取っていないのは確かです。しかしそうは思いながらも、どこか心の片隅で、自分の詩を誰かに読んでもらいたい、という気持ちを押さえることが出来ません」

〔金関寿夫『雌牛の幽霊』１９９７〕

河合隼雄《はやお》――おはな「し」

新聞連載中から愛読していた河合さんの『おはなし　おはなし』が本になった。表紙の絵は長新太《ちょうしんた》さん、二輪の花のそばでピンクの帽子をかぶった子どもが目をつむっている。花の語るおはなしを聞いているようにも見えるし、花と一緒に咲いているようにも見える。おはなしを聞くとは、おはなしと一体になることだから、区別しなくてもいいのかもしれない。

私はすっかり羨《うらや》ましくなった。自分もこんな楽しい題名をもった詩の本を出したいと思った。すると題名は『し　し』になるのだろうか？　だがこれでは読者を追っ払っているみたいで、誰も買ってくれそうにない。表紙の子どもだってきっとそっぽを向いてしまうに違いない。詩はおはなしから、お花を抜き去ってしまうものなのだろうか、詩にはおはなしにある「花」がないのだろうか。そう考えたらなんだか寂しくなった。

「何度も神話を読んでいると、あなたの心に詩が生まれます。それをそのまま書けば、最高の論文になるはずです」と河合さんは三十年前スイスで、ケレーニィ博士に言われる。ところが河合さんは「詩」が「不得意中の不得意」なのである。そこで河合さんは「自分の心の中に生まれてきた［物語］を語ることにしようと思った」。以来河合さんにとって「物語」は、とても大切なキイワードとなる。どうしてケレーニィ博士にとっての詩が、河合さんにとっては物語になったのだろう。おふたりの資質の違いだろうか、あるいは西欧文化と日本文化における「詩」の違いだろうか。

不得意中の不得意とおっしゃるけれども、河合さんが詩を毛嫌いされる訳ではない。まど・みちおさんの詩を「子どものときにキャラメルを少しずつ大事にしゃぶったように、少しずつ読んでいる」し、また子どもの書いた詩を通して子どもの心にひそむ「宇宙」について書かれてもいる。十五年ほど前に私の詩を解釈して下さったこともある。もっともその時は、詩そのものの解釈というより、作者である私を詩を通して分析していただいたように思うが。

物語は言葉によって語られるだけではない。言葉によらない物語もあることは、箱庭療法ひとつをとってみてもよく分かる。同じように詩も言葉によって書かれるだけではない。人間は耳で聞く物音にも、鼻でかぐ匂いにも、目にうつった風景にも「詩」を感ずることがある。そしてまた詩に物語を発見することもあるし、物語に詩を感ずることだってあるのだ。詩と物語はどこかで溶け合っているし、補い合っているものだが、また対立したり矛盾したりするものでもあるだろう。どちらがいいかというようなものではない。

それを前提にした上で詩と物語の違いを考えると、こんな言い方も出来るのではないかと思う。物語には人間が登場する、だから物語にはおのずから筋が生まれる。ところが詩にはあまり人間が登場しない、だから詩には筋がない。もちろん詩にも主人公の登場する叙事詩やバラードという分野があるが、これは日本ではあまり盛んとは言えなかった。また日本の詩歌は短詩型を主として来たから、それがケレーニィ博士と河合さんの違いをある程度説明するかもしれないが、とにかく人間がいない、筋がないということは、詩を、実際に生きている人間の心の筋道として読み取るのが難しいということになる。それが生身の人間を相手とする河合さんが、詩を不得意とされる理由ではないだろうか。

河合さんが本来の臨床心理のお仕事でクライアントと向かい合う時、時間が大きな意味をもつことは容易に想像出来る。たとえ一回の面接時間は短くとも、ひとりのクライアントと何年もかけてつきあわなくては、心は通わないだろう。また長くつきあうことでその人の生きて来た筋道が分かってくる。そしてその筋道を河合さんはご自分の生きて来た筋道と照らし合わせて納得する。これは私たちのふだんの人間関係においても同じだ。

生きて来た筋道には社会的な履歴もあれば、個人的な体験もある。それはそのままその人固有の歴史であり、物語なのだ。その物語をどこまで自分のたましいの物語としてとらえられるかということが、心理療法の重要な過程だし、それを同時に人間の成熟の過程だと考えても間違いないだろう。個々の物語が、もっと大きく深い物語に通じているはずだという信頼が、河合さんを物語に向かわせる。

そういう物語に比べると、詩はもっと刹那《せつな》的なものだ。物語が水平に動くとすれば、詩は垂直に立ち上がる。詩は物語を輪切りにしたその断面のようなものであろうか。詩に心を打たれる時、私たちは自分の心に今まではなかった窓が開いたような気になる。一瞬のうちに永遠をかいま見たような気持ちになる。物語が日常を非日常にむすぶ働きをもっているとすれば、詩は少々観念的にその純粋形を考えれば、非日常そのものだとも言える。

そう考えると、詩はたとえそれが言葉で書かれていようと、物語よりも音楽に近い。河合さんはご自分でフルートも吹かれるし、音楽はそうとうお好きなようである。だが音楽を物語のように解釈されたという話は聞かない。もしかすると音楽を療法の中に取り入れることはあるかもしれないし、フルートを吹くことが河合さんご自身にとって、一種の療法になっているのではないかということは、想像出来るけれど。

立花隆さんとの対談で、河合さんは言う。「体験内容というのは、物語らなかったらわからない。だから時間がかかる。ところが、物語の根本体験というのは一瞬です。モーツァルトの音楽というのは、多分にそういうものではないかと思います」。私にはまだつかめないが、そこに物語と詩の接点があるかもしれない。物語も詩も人間の心の深層を明らかにするものだから、一瞬の体験も長い時間をかけた体験とはまた違った仕方で、人を生かすのだと私は考えたい。そこでは理解や解釈よりも直観がものを言う。

『おはなし　おはなし』という題名は、短い詩のような響きをもっている。事実世界中のおはなしには韻文で語られるものも多く、例えば日本の昔話の結語の「めでたし　めでたし」も、その余韻に詩を隠してはいまいか。めでたしの「し」、おはなしの「し」、物語にひそむ詩に河合さんが気づいておられないはずはない。河合さんは香具師を自任しておられるが、実を言うと詩人こそ香具師の最たるものではないかと私は常々思っている。大学から自由になられた河合さんに、これからは詩というもっとも非科学的なものにまで、関心を広げていただきたいと思うのは我田引水に過ぎようか。

〔河合隼雄著作集月報　1995・1〕

河合隼雄——三つの言葉

河合さんがよく口にされる言葉が三つある。ひとつは「分かりませんなあ」、もうひとつは「難しいですなあ」、そして三つ目は「感激しました」である。

自分ではどうあがいても分からない大事なことを、河合さんなら分かってるだろうと思って尋ねると、まず「難しいですなあ」という答えが返ってくる。難しいことはこちらも先刻承知だから、どうしてももう一押ししたくなる。すると「分かりませんなあ」ということになる。それでがっくりくるかというと、それがそうでもないのだから妙

人

だ。むしろ安心すると言えばいいのだろうか。その安心には「そうか、河合さんでも分からないのか、それなら私に分からなくても当然だ」という気持ちも含まれているのだが、それだけではない。

河合さんの「分かりませんなあ」は、終点ではない。まだ先があると思わせる「分からない」なのだ。「分かりませんなあ」という関西弁は、「分かりません」という断定的な共通語とは異なるニュアンスをもっている。「分かりませんなあ」の「なあ」という語尾の余韻が、「分からないこと」の深さを計っているのだ。つまり河合さんと私は「分からないこと」において気持ちが通じる。

もちろん河合さんと私とでは、「分からないこと」の深さが違う。私が「分からない」と思ってる次元よりはるかに深い次元で、河合さんは「分からない」と思っているに違いない。それでもその「分からないこと」が、簡単に答えの出るような「分からなさ」ではないということを、私たちは「分かり」合える。安易に答えを出すよりも、まず「分からない」と思うほうが答えに近づく道だということを、私は納得する。「分かる」だけが答えに近づく道ではないことを、河合さんの「分かりませんなあ」は指し示してくれるが、それは言葉を失っていいということではない。そこのところを、河合さんは上田閑照《しずてる》の言をひいて「言葉から出て言葉に出る」と言っている。

《言葉から出るとは……言葉によって「わかったつもり」になっているさまざまなことについて、それは果たして何かと問い返すことだろう……言葉のないままに問い続けると、それは苦しい過程ではある

が、その答がふと「言葉に出る」。これも言葉には違いないが、はじめの「わかったつもり」の言葉とは異なるはずである。》
この『こころの処方箋』で述べられているかずかずの言葉も、多かれ少なかれそのような過程をへているに違いない。だが、その「言葉から出て言葉に出」た河合さんの言葉は、決して難しい言葉ではない。すべてなるほどと腑《ふ》に落ちる言葉ばかりである。「分かったつもり」の「常識」をあるときはずらし、あるときはくつがえして、私たちに新しい視点をもたらしてくれる。河合さんは口癖のように自分を常識人だとおっしゃるけれど、ただの常識人ではない。常識をより深くバージョン・アップし続ける常識人だ。その「常識」は新しく見えるかもしれないが、古くからの人間の知恵にその根を下ろしているから、私たちを納得させる力をもつ。

私たちは偉い学者の書く難解な言葉に重みがあると考えがちだが、河合さんは大変な学者であるにもかかわらず、万人に「分かる」言葉で語る。そこに河合さんの単にアカデミックな学者とは違う言葉の重みがある。その重みはどこから来るのか。それは河合さんが学問の世界に住みつつ、常にクライアントを通して実人生とのかかわりを失わないところから来るのだろう。河合さんはもしかすると世界中の学者たちから学んだのと同じくらいのものを、いやむしろそれ以上のものをクライアントから学んでいるのではないだろうか。

「難しいですなあ」という言葉にも、「分かりませんなあ」と同じようなことが言えよう。河合さんほどの学識と経験をもってしても、

「難しい」としか言えないことがある、そう思うことで私たちはかえって励まされるのだ。難しいからあきらめるのではなく、難しいからこそ難しさの密林にわけいって行く、そこに生きることの手応《てごた》えがある、そんなふうに私たちは感じる。

その手応えというこ とはもうひとつの河合さんの言葉、「感激しました」につながっている。読んだ本、誰かの一言、かかえているクライアントの反応、河合さんは多分毎日のように何かに「感激」している。ときにはそんなに簡単に感激していいのかなあと思わせるほどだが、河合さんが感激したと言うとき、私はそう言うことの出来る河合さんという人に感激する。そういうときの河合さんはまるで幼い子どものように生き生きしている。

だいたい「感激」などという言葉は今ではほとんどの人が使わない。私なども「感動」はするけれども、感激することはめったにない。感激は感動より心の動きが「激しい」のである。だが河合さんはいわゆる「感激屋」ではない。そんなナイーブな人ではなく、こう言っても失礼にはならないと思うが、海千山千だ。その河合さんが、たとえばおそらく何千回となく繰り返してきただろう箱庭療法のひとつの展開に大感激するのである。感激することの出来る河合さん、生き生きと反応することの出来る河合さんだからこそ、「難しいですなあ」「分かりませんなあ」を繰り返す勇気があるのではないか。難しいこと、分からないことの中に、言葉になりにくい人の心の豊かさと可能性がひそんでいる、人の心に終点はなく、究極の答えもない、そう河合さんは言い続けている。

河合さんは大学を離れたら、講釈師になって世界を回りたいと言っておられるが、なかなかそうはいっていないようである。だがときおり河合さんが講演されるのを聴き、またこの『こころの処方箋』のような本を読むと、河合さんはもうすでに十分講釈師をやっておられるのではないかと思うことがある。この本は目次を読むだけでも面白い。ひとつひとつの短い文章の題名が、そのまま古くから伝わることわざのように読める。

たとえば「ふたつよいことさてないものよ」は、河合さんの読者の間では流行語のようになっていて、私自身もことあるごとにこの言葉を呪文《じゅもん》のように繰り返す。そういう力をもった言葉はそうざらにあるものではない。この言葉は『故事ことわざ辞典』にも「二つよいことはない」という形で載っているから、河合さんの創作ではないのだろうが、「さて」と「ものよ」を加えたのは河合さんのお手柄ではないだろうか。そのおかげで七七のリズムが生まれ、そこに書き言葉では得られない話し言葉のひろがりとぬくみが感じられる。

河合さんは文章は書き放しで、ほとんど手直しはされないそうである。河合さんの文章は語り物に近い。どうしてそんなふうに書けるのか。その理由を考えるのは難しいが河合さんの文章を一口で言うことが許されるなら、無私の文章と言えるのではないかと私は思っている。河合さんはいつか私に向かって「ぼくは管みたいなもんですよ」と言われたことがある。管であるということは、他者に向かって最大限に心を開いているということだろう。

だが、無私は自分をなくしてしまうことではない。そんなことは誰にも出来ないだろう。既成の価値基準や倫理に縛られた自分から離れて、性急な判断をせずに人の心に自分の心を共振させる、それが無私だと思うが、河合さんはそんなときも自分の心を押さえつけたりはしない。怒りを感じたら正直にそれを出されるという。そんなこともこの本にちゃんと書いてある。

「己を殺して他人を殺す」

同じことを河合さんは「非情の情」という言葉でも言っている。おそらく漱石の『草枕』に触発されたのではないかと思うが、日常私たちが体験する喜怒哀楽や情とは異なる次元での情、それが河合さんを他者にむすびつける。その「非情の情」は、感傷とはほど遠い厳しいものだが、それが河合さんをして、繰り返し「難しいですなあ」「分かりませんなあ」と言わせ、倦《う》むことなく語らせ、また感激させるものだということは間違いない。

〔河合隼雄『こころの処方箋』解説　1998・4〕

人

寺山修司――何度でも会える

一柳慧《いちやなぎとし》さん企画の雅楽による日本現代音楽のコンサートを聞きに、フランクフルトのアルテ・オーパーの入口の階段を上っていくと、二人のドイツ青年が入場する客たちにチラシを渡している。数日後にパン工場劇場というなんだか面白そうな所で開幕する、寺山修司の「奴婢訓」のチラシだった。私は大岡信と連れ立って、他の二人のドイツ詩人と連詩を巻きにフランクフルトに来たのだが、もし寺山が生きていたらまた会って話が出来たのにと残念に思った。

またと言うのには訳がある。彼が若いころと晩年の数年は私たちはよく会っていたが、「天井桟敷」をひきいて彼がもっとも多忙だった時期、私にはゆっくり彼と会って話をする機会があまりなかった。私が寺山の芝居に二三の例外を除いてどうもなじみにくかったことも、理由のひとつだったかもしれない。だがその代わりと言うのも変だが、その時期外国では二度寺山に会っている。一度はミュンヘン、もう一度はパリ、だが三度目に外国で会える機会が来た時、寺山がもうこの世にはいないなどとは、その時は想像もしなかった。

ミュンヘンは一九七二年のオリンピックの時で、私は市川崑監督の下で記録映画の撮影を手伝いに来ていた。寺山は芸術祭展示に招かれて野外劇「走れメロス」を公演していた。それを見てから、野外のテントの中かなにかでちょっとおしゃべりした記憶があるが、イギリス人の女のジャーナリストが彼にうるさく質問してくるので、落ち着かなかった。私は彼よりも少々ましな英語で、通訳の真似ごとをしたのを覚えている。寺山は例によって劇団員を連れての貧乏旅行だったから、芝居を打ち上げたら私がみんなに中国料理をおごると約束したのだが、それはテロ事件のおかげでおじゃんになった。

パリは、あれは一九七六年だったろうか。寺山が行きつけだと言うサン・ミッシェルのアフリカ料理屋で、クスクスを御馳走《ごちそう》になった。もうあまり体の調子がよくなさそうだった。私に手を見せて、こんななんだよと愚痴っぽく言った。その手の皮膚は明らかに病的に荒れていた。

公演やら、映画祭の審査やら、ワーク・ショップやらで年に何度も海外に出ていて、うわべは派手に活躍していたころだが、そんな時でも会うとそういう仕事の自慢話よりも、生活にまつわる愚痴をあれこれこぼすというのが、彼の私に対するスタイルだった。寺山は私などにも競争心をもっていたが、それ以上に甘えももっていたような気がする。

それというのも、私がまだほとんど無名のころの彼と一時期、人にあいつらホモじゃねえかと陰口をたたかれるくらい親しかったことがあるからだ。年譜によると彼が戯曲第一作「失われた領分」を書いたのは、一九五五年、十九歳の時だ。私が初めて彼の才能に驚いたのは、早稲田大学緑の詩祭でのその公演を見た時で、彼の入院していた病院が当時私の住んでいたアパートのごく近くだったこともあって、そのあとすぐ会いにいった。どんな話をしたのかは覚えていないが、とうてい瀕死《ひんし》の病人には見えなかった。レコード・プレイヤーが欲しいというので、機械好きだった私が予算内で見つくろって買ってきて、枕元のラジオにつないでやったこともあった。

退院して新宿諏訪町《しんじゅくすわちょう》のアパートに住むようになってからは、金が要るという彼のために、私はラジオの連続番組の仕事をとってきて、二人でいっしょに台本を書きとばした。他愛のないものだったが、気が合って楽しかった。書くのは二人とも早かったから、一週間分の台本を早々に書き終えると、あとは少しばかりの金を賭《か》けてのポーカーになるのが常だった。

寺山は賭事《かけごと》好きで強かったから私は負けてばかりいたが、貧乏している彼に少しでももうけさせてやろうという心理が、私に働いていなかった訳ではない。だが彼に言わせればこれは私の負け惜しみということになるかもしれない。

経済的に自立出来るかどうかをいつも心配していたが、私は彼が一年以内に売れっ子になることを確信していて、彼にもそう言っていた。その確信ははずれなかった。一九五九年にラジオ・ドラマの第一作「中村一郎」で早くも彼は民放祭大賞を受賞した。「谷川さんに勝った」と自慢げな彼に「これで君もおれを意識しないですむだろ、よかったね」とからかったら、くやしそうな顔をした。だがラジオ・ドラマの世界では、私がまったく彼の敵ではなかったのを私はそのころからよく知っていた。

ジロドゥ、アヌイの芝居で、それまでのいわゆる新劇に新風を吹きこんでいた劇団四季の浅利慶太《あさりけいた》が、日本の書き下ろし現代劇に挑んだのはその翌年で、寺山は石原慎太郎や私などとともに初めての長編戯曲「血は立ったまま眠っている」を書いた。のちに夫人となる今の九條今日子《くじょうきょうこ》さんに出会ったのも同じ年で、九條さんとの恋愛中も、私はときどき相談相手みたいな役割を果たすことになった。

ある日、真剣な顔をしてやって来て、ちょっと恋人の機嫌を損ねてしまったらしいのだが、どうやって仲直りしていいのか分からないと言う。私だってそんなことは得意な分野ではなかったのだが、とにかく彼女の好きなものを買って、それに短い言葉をつけて届けたらいいんじゃないかということになり、寺山はたしか香水を贈ったのではなかったかと思う。言葉のほうも私が短いほうがいいなどと生意気な助言をしたのだが、こっちはもちろん彼のお手のものだから、仲直りがうまくいったのは言うまでもない。

その後の寺山の活動はあらためて言うまでもないだろう。彼は他の同時代のもの書きとは随分違う仕事の仕方をした。その活動の幅広さから言っても、その方法から見ても、時には山師のように思えることさえあった。だが身近で生身の彼を知っていた私には、寺山修司はやはり詩人という種族に属していたとしか思えない。彼自身もまた自分を基本的には詩人と考えたがっていた。

日常的な現実よりも観念の世界に生きることを好み、賞をたくさん取ることに執念を燃やしながら金には頓着《とんちゃく》せず、実際に生きることには不器用なくせに文章の上ではいくらでもなんでも論じることが出来、恥ずかしがりやであると同時に厚顔無恥でもあり……そんな資質はもちろんすべての詩人に当てはまるという訳ではないが、少なくとも彼がその思想によってよりも、そのもって生まれた才能によって今も若者たちに愛されているのは事実だろう。

フランクフルトのあと、私はモロッコに旅し、本場のクスクスを食べるたびに寺山を思い出していた。パリに戻ってたまたまポンピドゥ・センターを訪ねると PASSAGES DE L'IMAGE という映像展が開かれていて、そこで晩年の寺山と私の間に交わされた「ビデオ・レター」が上映されていた。私はびっくりし、そして嬉《うれ》しかった。ああ、やっぱり寺山と会うことが出来たのだと私は思った。今度だけでなくこれからも、私たちは何度でも彼に会うことが出来るのだ。寺山修司は今も私たちのうちに生きているのだから。今回のこの浅利慶太の手による「はだかの王様」上演もまた、その事実のひとつの証明となるにちがいない。

〔劇団四季「はだかの王様」パンフレット　1990・12〕

寺山修司——透明人間になって

寺山が死んでから二年後の五月のある日、一通の航空便の絵葉書が舞いこんだ。ひと目見て私は自分の目を疑った。まぎれもない寺山の筆跡で私の住所と名前が書いてある。だが差出人の名はない。そして文面のあるべきところは真っ白。消印はカンヌで一九八五年五月十五日の日付がある。絵を見ると、右半分は茶色い髪の女の後ろ頭で占められている。髪には枯れ葉のようなものがまつわりついていて、その女を一匹の黒猫が枕の上から顔だけを出して、挑むような目でみつめている。題名は「一番上の引き出しの中」、シュロッサーとあるのは画家の名らしい。

　ふつうなら薄気味悪くなるところだが、私はむしろ嬉しいような気がした。もしかすると、寺山の筆跡を真似た誰かのいたずらかもしれないが、何も書いてないその絵葉書が、ほんとうに寺山から来たものだと私は信じたかった。僕はあこがれの透明人間になりました、いま映画祭でよく来たカンヌの雲の上で谷川さんを思い出しています、彼がそう言っているような気がした。もしいたずらだとしても、これは彼自身がしたいたずらだ、そう私は思った。その絵葉書はいまも私の目の前にある。

　もっと現実的な手紙もある。死の前年の六月に書かれたもので、これはゼロックス・コピーだ。何故コピーかは次の文面を読めば分かる。

少し長いが寺山らしい文面なので引用してみよう。

しばらくごぶさたしました。ロンドンの友人ジム・ヘインズの真似をして出しはじめたニュースレターです。

四十七人に同じ手紙を出すことになりますが、ごぶさたするよりはよいと思って、大目に見て下さい。

さて、相変わらず健康のすぐれぬ日々で、寝たり起きたりの毎日です。

それでも映画「百年の孤独」は編集を終って、あとはダビングを残すばかりとなりました。いま、角川文庫の「日本の民話」の解説を書くために、「継子譚」を読み漁っています。

ぼくの考えでは、「まゝ子いじめ」というのは、実の母のありがたい味を押しつけるために作り出された虚構であって、呪術におけるワラ人形のようなものです。したがって、まま母はいつも悪役であるところが特徴で、「わが子を、大釜で煮殺したりする」のです。

こうした「まま母」の役割は、西欧では魔女狩りの魔女に対応するように思われますが、どうでしょうか？

人

今月はスタジオ二〇〇で、田中未知さんの質問というパフォーマンスに出席し、谷川俊太郎、岸田秀《しゅう》、三浦雅士《みうらまさとし》さんらと共に質問を受けました。

(1)自分を数えるとき、どんな単位がいいですか？
(2)地図にのっていない国を三つあげて下さい。
(3)希望はなぜ二文字なのでしょう？
(4)一番遠い場所はどこでしょう？
公開の席で、こんな質問をうけたら、あなたはどう答えますか？

ふるいニュースレターをとり出していたら、文学の中の猫のベストテンを書いたことがあったのを思い出しました。(1)マザーグースの猫　(2)泉鏡花の猫　(3)ハインラインの「夏への扉」の猫　(4)エドワード・リアの猫　(5)ルイス・キャロルのチェシァ猫　(6)日本霊異記の猫　(7)ポーの黒猫　(8)大島弓子の「錦の国星」のチビ猫　(9)ボ

ードレールの猫　⑽落語「猫の災難」の猫　⑾コクトーの「ムッシュX」の猫　⑿ユイスマンスの「彼方」の猫　⒀鍋島怪猫伝　⒁クイーンの「九尾の猫」といったのが並んでいます。

このところ、犬に熱中していることを思えば、月日の流れは速いものです。

最近食べたおいしい店、代官山のシェ・リュイ、乃木坂のロブスター、最近買った本、種村季弘「ぺてん師列伝」、バース「やぎ少年ジャイルズ」、ボルヘス「異端審問」などです。

（後略）

独特な筆跡を追っていると、彼の肉声が聞こえてくるようだ。直そうと思えば直せたにちがいないと思うが、寺山は一生東北なまりを直そうとしなかった。あれは相手を油断させるひとつの戦略だったのではないかとも思うが、あのなまりのおかげで彼の声はいまだにくっきりと耳に残っている。

声と言えばもうひとつ不思議な話がある。数年前、私はついふらふらと一台の古いラジオを買った。ラジオを組み立てるのが好きだった少年のころへの郷愁かもしれない。当時憧《あこが》れていたアメリカのフィルコという会社の製品である。故障していたのを自分でハンダ鏝《ごて》を握って修理し、棚に飾った。その数カ月後、たまたま雑誌を見ていたら若いころの寺山の写真がのっていた。浴衣《ゆかた》を着てベッドに座っている。

私が彼に初めて会った大久保の社会保険中央総合病院の病室であることはたしかだ。そのベッドのわきのテーブルに、私が買ったのと寸分たがわぬフィルコのラジオが置いてある。

私の買ったのが同じ型のラジオなのか、それとも寺山のラジオそのものだったのかはいまだに分からない。だがもしかすると透明人間になった寺山は、そこでも私に何かを語りかけようとしたのかもしれない。あの懐かしいなまりの抜けない声で。

〔ちくま文庫『ムッシュウ・寺山修司』解説　1993・2〕

永瀬清子——海ノゴトク

海辺からゆるい坂を上って丘の上の家に戻って来たら、サワノが「なんだか東京から電話入ったみたいですよう、すぐ電話してくれって」と言った。電話しようと思って横のメモ用紙を見たら、ナガセキヨコという片仮名が目に入った。連れ合いが電話のむこうで、お葬式は今日だと言った。まるで隣の家と話してるように声は近いが、ここは日本ではない。とにかくお花を送るよう手配してくれたそうだ。よく晴れていて、木で作られた広いテラスのむこうに、遠く海がきらきら陽に輝いている。

最後に永瀬さんに会った日のことを思い出した。去年の四月二十四日、宮島、暑い日だった。私と連れ合いの話をわざわざ聞きに来てくれたのだ。若い友人の運転する車に乗りこみ、海辺の道を永瀬さんは岡山にむけて走り去った。そのとき見た海は瀬戸内海、いま見ている海は太平洋。海はこの世とあの世もむすんでいるような気がする。

サワノに永瀬清子って知ってる？　と尋ねたら、詩人でしょうと答えた。それから「今夜は僕、カレーライス作るからね」と言った。サワノは六〇年代にずいぶん現代詩を読んだらしいが、永瀬清子は読まなかったのだろう。

サワノの友達の小説家の山本さんは、今は独身だが一時仕事しながら主婦業もしていたことがある。永瀬清子さん知ってる？　と訊《き》いたら、「申し訳ありません、私知りません」と答えた。申し訳ないことはないが、ちょっと残念な気がした。前の日に読んだ山本さんの作品には、やり場のない主婦の苦しみが見事に書かれていたからだ。永瀬さんはね、ずうっと自分の机というのをもったことがなかったんだって、いつも家事の暇を盗んで、茶の間のちゃぶだいの隅で、詩や文章を書いてたんだって、と私は山本さんに話した。

あとその家にいたのは大学を出たばかりのサワノの娘のユキちゃんだけで、ユキちゃんが永瀬さんを読んでいないのは確かだったから、結局私は誰かと話をして永瀬さんを偲《しの》ぶことは出来なかった。それでかまわないと私は思った。

身勝手な興味しかもたない男のサワノは読まないかもしれないが、

山本さんもユキちゃんもいつかは永瀬清子を読む機会があるだろう。日本の女はみな少なくとも一度は永瀬清子を読むべきだ。まど・みちおと永瀬清子を英訳した美智子皇后は、詩に関しては趣味がいい。

美智子皇后に会いに行ったときの永瀬さんは嬉《うれ》しそうだった。世界政府運動のことも話したのだろうか。まどさんの英訳は出版されたが、永瀬さんの英訳はまだ出版された様子がない。

中江俊夫が若いころ初めて詩を読んでもらったのは永瀬さんだ。だが中江は晩年の永瀬さんのことをえらく怒っていた。中江が書いた永瀬さんについての文章に、永瀬さんが無断で手を入れたからである。これはどう見ても中江のほうに分があった。だがそれでも私は永瀬さんを責める気になれなかった。しょうがない自分中心のばあさんだなあとは思ったが。

永瀬さんは筆まめだった。よく手紙をいただいた。書いてあるのはいつも自分のことばかり、永瀬さんは懸命に自分を生きていた。女だから男よりももっと懸命に自分を生きなければならなかった。そのしぶきが他人にふりかかることもあったろう。だがその懸命な生きかたこそが、永瀬さんの書く言葉を詩に変えた。魔法のように見えるかもしれないが、それは魔法ではない。

太平洋の真ん中にある大きな島から東京に帰って来て、永瀬さんの本のあちこちをさまよった。そして若いころ初めて父の本棚の片隅に見出したあの詩に、私もまた戻って行った。

イトハルカナル海ノゴトク
我ハ滄《カハ》ラヌモノニシテ
微生物ノタダヨフママニ
我ガ内ニ光ルモノアリ消ユルモノアリ
ユラメキタダヨヘドモ我ハマドハジ
流レ去ルトモ我ハ忘レジ

永瀬さんの死を知った日に私が見ていた海は、永瀬さんの海だったのだ。

人

〔現代詩手帖 1995・4〕

保《ほ》富《とみ》康《こう》午《ご》――『オリエント哀歌』

久しぶりに『オリエント哀歌』を読み返した。初めて読んだときから三十年以上たっている。最後の「行け　彌撒は終った　存在は存在に満ちやうとする」を読み終えて、その行が長い年月の間ずっと自分の胸にひびき続けていたことに気づいた。

読みやすいとは言えぬ作品だから、当時の私が精読していたとは思えない。たぶんよく分からないところは飛ばし読みしていただろう。今でも十分に理解している自信はない。だが、この長大な作品を一貫して流れている声は、私にも聞きとれる。それはさまざまな観念に呪《じゅ》縛《ばく》されながら、現実の生活へと一歩踏み出そうとするひとりの青年の、魂の軋《きし》みとも言うべき声だからだ。

保富康午の詩に初めて接したのは、雑誌「詩学」の誌上だった。一九五〇年九月号の投稿欄には、茨木のり子や友竹辰の作品にまじって私のものものっている。選者は村野四郎氏だった。たしかこの前後に保富の『オリエント哀歌』の一部がのって、彼が私に手紙をよこしてくれたのがつきあいの始まりだった。

当時彼はまだ吹田《すいた》の千里山《せんりやま》に住んでいて、一九五二年に私が初めての詩集を送ったときもすぐ手紙をくれた。そこに『オリエント哀歌』への言及がある。〈僕の『オリエント哀歌』は、まだ原稿のままですし、ほとんど御存知ないと思いますから、ひきあひに出すのは変なのですが、あの激情の噴出とそれによる負傷、全く馬鹿げた青春の踊りでした。僕はもっと幸福であり得たのに！　今日の僕は、かつての過剰な青春をつくづくと見つめています。〉

彼は十九歳で『オリエント哀歌』を書いたはずだ。そのわずか三年後、二十二歳にしてこういう言葉を吐くところに、保富の生きる速度、考える速度の独特な速さがあった。それはまた彼の言葉の速度だったかもしれない。しゃべるときも彼は早口だった。いつも現実を観念で先取りしようとして焦っているように思えた。

そういう傾向は彼だけのものではなかったのかもしれない。一九四五年の敗戦とそれに続く混乱の収まらぬうちに、一九五〇年には朝鮮戦争が始まっていて、私たちはその間に思春期をむかえ、学校教育を終えて実社会に出ていかねばならない年頃だった。マルクス主義を信奉することも、フランス映画にかぶれることも、どうやって食っていくかということも、そうしてもちろん幼い恋愛沙汰《ざた》もいっしょくたに私たちは人生のとばくちに立っていた。どうすれば生きていけるのか、いや、そもそも生きていくことが可能なのか、そうした疑問が私たちをとらえていた。

一九五三年の私の住所録には、すでに保富の中野の住所と勤め先であるシェル石油の電話番号が記してあるから、彼はその年にはもう東京に出てきていて、私たちはしばしば顔を合わせていたと思う。どんな話をしたかは覚えていないが、彼からコンフィダンというフランス語を教わったのは記憶に残っている。腹心の友とでも訳せばいいのか、私たちは当時そう言ってもいいような仲だった。

一九五五年六月、両親をなくした彼が家の整理のためにふたりの妹とともに千里山にいて、そこに最初の短い結婚生活から逃げ出した私が数日泊めてもらったことがある。そのとき聞いたのか、それとももっと前だったかもしれない、彼はこういう事実を聞かせてくれた。かぞえで十八歳のころからつきあっていた女性と心中しようと決心して、遺書を書いたのだそうだ。その遺書をビューローの中に入れておいたら、隙間から床に落ち、それを親に読まれてしまって、土壇場で死に損なったというのだ。『オリエント哀歌』は、この事件をひとつのきっかけとして書き始められたのではないかと、私は推測する。

もうひとつこういうことも聞いた。お母さんが亡くなられたちょうど半年後にお父さんも亡くなられたのだが、それは覚悟の自殺だったということ。三人の子どもたちのために完璧《かんぺき》に財産を整理してから、あとを追われたのだという。私に強い印象を与えたこのふたつの事実を話すとき、彼はなかば笑っていたように私は記憶しているのだが、あれはどういう笑いだったのだろう。その笑いに彼の以後の生き方を決定する何かがひそんでいたような気がする。あまりに早熟だったがゆえに、彼は成熟を拒否したのではないか、いまの私にはそんなふうに思える。

心中しようと思った女性と結婚し、やがて会社勤めをやめ、子どもはつくらなかったが平穏な家庭を築き、保富はフリーの物書きになった。だが彼は仕事の分野を詩とも文学とも少々離れたところに置き、そこで成功した。それが理由だったわけではないが、彼と私は徐々に遠ざかった。そして彼は彼の人生を生き続けた。『オリエント哀歌』の最終節「掩祝《ベネディクション》」は私のもっとも好きな部分だが、そこで歌い上げたように、彼は生を撰《えら》んだのだ、彼らしく性急な仕方で。

一九七七年にたまたま彼に再会し、私は自分の本や小室等《こむろひとし》といっしょに作ったレコードなどを送り、彼は名入りの原稿用紙で何度か手紙をくれた。その一通にこうある。〈どうしてこうヘンに忙しいのか、説明のしようがない。……去年の誕生祝いに、フェラーリ・ディノ・246GTを手に入れた。この一事をもって、ガキぶりがわかろうというものさ。……こちらはド演歌の中年と、テレビ・マンガのチビッコが相手、という、これまた極端な落差。われながら信じがたい。と

人

にかく、元気。〉
一九八四年九月、突然彼が死に、海外に行っていて葬儀に出られない私は、仕方なく一詩を霊前に捧《ささ》げた。多少の推敲《すいこう》を加えてそれをここに再録することを、保富は許してくれると思う。

秘密

初夏の芝生の上でウィスキーを飲んだ
きみは心中を仕損なっていて
僕は女から逃げようとしていた
機関銃のようなきみの早口にかくされた

せっかちな哀しみ
三十年余り昔のつい昨日のことだ

同じ雑誌の投稿欄で初めて読んだきみの詩は
ミサの形で書かれていた
信じているのと同じ強さで
きみは信じていなかった（何を？）
その潔癖に何人の人が気づいただろうか
きみが決してあかさなかった秘密に

それからきみは誰よりもいさぎよく

誰よりもあっさりと詩に見切りをつけた
子どもの代わりにフェラーリを愛して
僕の知らない賑やかな世界に生きた
それがきっときみのかかえこんでいた
底知れぬ虚無の表現

気づいてみると僕もいつのまにか
老人マンションを買う年齢になっていた
小金井で花見をしようときみを誘って
その暇もなくマンションを売り払い——
僕はまだ詩にとらえられている

人

もしかすると死にとらえられるよりももっと強く

一九五〇年代初めのあの数年を、私は保富康午を考えずには思い出すことができない。『オリエント哀歌』にはあきらかに時代の刻印が押されているが、同時にそこには時代を超えた青年の生きることへの情熱があふれている。たとえそれがどんな「負傷」を与えたとしても、この詩集はその激しい独自な調子によって、彼の生の源が何だったのかを指し示している。

〔保富康午『オリエント哀歌』跋文　1990・3〕

三好達治——懐かしい人格

三好さんは私が世に出るきっかけを与えて下さった方だし、仲人《なこうど》をしていただいたこともある。いわば私にとっては師匠にあたるのだが、私は不肖の弟子だった。酒の相手が出来なかったし、若いころはそんなに詩にのめりこんでもいなかったから、もったいないことをしたと思うが、三好さんの語られる一言半句も聞きもらすまいというふうではなかった。現代詩はヘボ筋に迷い込んだという三好さんの有名な発言を私もじかに聞いた記憶があるが、それも後になって思い当たるので、当時は蛙のつらに水だった。

人

三好さんの詩や文章をいま読み返すと、私もずいぶん遠くへ来てしまったものだなあという感慨にまず襲われる。だがこれは三好さんがもう古くなってしまった、あるいは三好さんが『詩を読む人のために』で示された課題がいまではもう成立しないというようなことではない。出口のわからないヘボ筋の迷路を長年さまよっていたら、なんのことはない、元の入口の近くへ来ていたのに気づいた、そんなふうにも言いたい気持ちだ。

他の詩人たちは知らないが、私などは『諷詠十二月』中の「結局して詩歌の趣味風味といふものも、それが人生と相互る分量の多寡にかかつてゐる。またその品質の上下にかかつてゐる」というような箇所が目にとまると、あらためてぎくりとする。また文庫には選ばれてい

人

ないが、私の好きな詩「空のなぎさ」を読むと、たとえばバッハの音楽の一節を聴くような心地がする。

『定本三好達治全詩集』の「巻後に」という文章は、「私のは、まあ風狂といふやうなものであつたと思ふ」というふうに書き始められているが、この文章を私は折りにふれて読み返す。私が仲人をお願いした結婚に失敗したことを報告した時、三好さんははらはらと涙をこぼされた。そのこともまた、私は何度も思い返す。そのふたつが溶け合って、私の三好像を作っている。

三好さんにとっての萩原朔太郎のように、私にとって三好さんはいつまでも、ひとつの「懐かしい人格」だ。

〔毎日新聞　1994・4・12〕

和田夏十《なつと》――和田夏十というひと

夏十さんが生きていてくれたらなあと思う。その思いは亡くなって十七年が過ぎた今も、強まりこそすれ弱まることがない。私の気持ちはしかし懐かしいというようなものとは少し違う。夏十さんを思い出すとき心に浮かぶのはまず、その目の真っすぐな強い光である。その光をもう一度見たいと思う。

夏十さんは問い続けるひとだった。誰よりも先に自分に問いかけ、その問いは夏十さんのからだから溢《あふ》れて言葉を超え、声音となり表情となってときに人をおびやかしさえした。その問いかけは夏十さん自身にとっても、他人にとっても仮借ないものだった。どんな些細《ささい》な問いも、生きていく上でもっとも基本のところ、もっとも深いところに届いていたから。遺された文章・シナリオを読み返して、その問いが今もなおいかに切実であるかを知って驚く。夏十さんは時代に先んじていた。今やっと私は夏十さんに追いつこうとしていると思う。

当時成城にいらした夏十さんを、夫君市川崑さんの留守にお訪ねしたことがある。あるいは崑さんに言われてお見舞いに行ったのかもしれない。病気がすすんでいて、夏十さんは寝椅子のようなものに横になっていたような記憶がある。そのとき夏十さんと話したことを、ほとんど覚えていないのが深い悔いになって私のうちに残っている。私は夏十さんの問いかけに、少しも答えることが出来なかった。今なら、と思う、夏十さんが亡くなった年齢をとうに過ぎた今の私なら、たとえ答えることは出来なくとも、もっともっと話が出来たのに。

一九六三年だったか、思いがけず東京オリンピック記録映画の脚本に参加することになって、私は初めて夏十さんという人を知った。第一印象はいいものではなかった。多くのスタッフが集まっている席上で、開口一番夏十さんは「やっぱりヒトラーは凄《すご》いねえ」とおっしゃった。

『民族の祭典』の参考試写を見てきたところだったのだ。一筋縄ではいかない人だと思った。その印象はその後も消えなかったが、その一筋縄ではいかないところに、しかもその芯《しん》に真っすぐものが通っているところに私はだんだん魅せられていった。

　オリンピックの後も、私の名前で書いた市川映画のいくつかの脚本を夏十さんに手伝っていただいて、私は崑さんと夏十さんのやりとりを傍らで聞きながら映画について多くを学んだが、同時にもっと広く深く人間について学んだと思う。何を学んだかというのは言葉にしにくい。南平台のお宅の居間や食堂に夏十さんはいつもどっしりと座っていらした。いかにも一家の中心という感じだったが、その姿は母性的と言うのでもなく、また崑さんの連れ合いというふうでもなかった。たまたま女に生まれたひとりの人間がいたと言えばいいのだろうか。

経済的には何ひとつ不自由はなかったと思うが、夏十さんの暮らしにはどこにも浮ついたところがなく、まっとうだった。夏十さんの几帳《きちょう》面《めん》でしかも思いやり深い生活者としての一面は、巻頭の「遺書の書き出し」と副題のつけられた一文を読むだけでもうかがえる。

夏十さんが日本でも有数のシナリオ・ライターだったことは、この本に収められた二本のシナリオからも分かる。しかし崑さんはシナリオ・ライターとしてよりも、時代に先がけて生きたひとりの女性として、夏十さんをこの本の中に残したいお気持ちのようだ。ほとんどが未発表である遺された文章を読むと、崑さんの気持ちが私にもよく分かる。私の提案で文章はほぼ執筆年代順になっているが、一九七八年の一月から十月にかけての短い期間に書かれた文章は、さながら夏十さんが目前にいて語りかけてくるかのように生々しくしかも強靭《きょうじん》だ。

「私、力のかぎりいろいろやったけど、なにひとつどうにもならなかった。そしてあきらめるということが最後の課題だった。だからあとはもう全部神様におまかせして、私は祈るだけ」という身を切られるような言葉にはなんの誇張もない。このころ夏十さんはもう二度の手術を経験していた。

夏十さんは一九七二年にカトリックの洗礼を受けた。そのいきさつは詳しくは知らない。しかし夏十さんがときにはいささか皮肉な口調で信仰をもつ人々について話していたのを覚えている。生命にかかわる病をかかえながらも、あんなに強く明るく生きていけたのは信仰ゆえだったのだろうか。それだけではなかったような気がする。夏十さんはときに人間に愛想をつかしながらも、最後まで粘り強く人間に問いかけた。そのみなもとにあったものを、愛と呼んでいいと私は思う。

「愛は他への心からの働きかけ、死ぬまで」

〔『和田夏十の本』はしがき　2000・4〕

武満徹

武満の「うた」

武満が音楽の道に進むことになった最初のきっかけが、歌にあったことは彼自身が何回か語っている。その歌がクラシックのジャンルに属する歌ではなく、シャンソンだったというのが面白い。作曲家として仕事を始めてからも、他の現代音楽の作曲家たちと違って、彼はたとえばジャズも観念的にとらえたりせず、からだぐるみそれに魅せられていた。このCDの中の「うたうだけ」ひとつを聞いてもそれは分かるだろう。当時人気のあったジャズ・ミュージシャンたちに、彼はほとんど憧《あこが》れていたと言ってもいい。もし何かひとつでも楽器をマスターしていたら、彼は作曲家にならずに、プレーヤーになっていたのではないかと今でも私は思う。

作曲家でピアノが上手な人は沢山いる。武満は上手とは言えない。上手ではないけれども、彼がピアノを弾くと、他の誰にもましてピアノと官能的にかかわっているのが分かる。弾きながら彼が内部の音のヴィジョンにつき動かされているのが分かる。どんなに精緻《せいち》なオーケストレーションによって構造化されようとも、武満の音楽はその源に小鳥の歌のような単純さを秘めているように私には感じられる。現代音楽の多くが知性によって制御されているのと対照的に、彼の音楽は生きる情熱から生まれる。その点ではオーケストラの大作も、このような〈うた〉も変わりはないと私は思う。

それを前提とした上で、武満の音楽にあえてふたつの系列を仮定することも出来よう。ひとつは言うまでもなく、国際的によく知られている「現代音楽」の作品群であって、それらは長い歴史をもつ西洋音楽の制度の中で、独自な位置を占めている。もうひとつの系列はそれらと重なりあいながら少々異なっていて、彼が若年のころから関心を抱き続けている映画音楽やいわゆる劇伴、自身の好む曲や歌のギターやピアノなどへの編曲、それから数は少ないけれども、このCDに収められているようなさまざまな機会に書き下ろされた歌の一群がそれにあたる。

私自身はその分野で武満といっしょに仕事をすることが多かった。

お互いにまだ生活が大変だった若いころ、私が脚本を書いたラジオ・ドラマやテレビ・ドラマに音楽をつけてもらったこともあったし、ふたりでビリー・ザ・キッドを主人公にしたラジオのためのカンタータを作ったこともあった。当時はふたりとも大の西部劇ファンだったのだ。ジャズ・クラリネットの鈴木章二とリズム・エース、それにリリオ・リズム・エアーズがアイヌの昔話を脚色したバラードふうの曲を舞台にのせたこともあった。

その時期の彼の曲や歌は、そのほとんどが譜面も録音も残されていないが、彼がそういう俗に通ずる仕事を、他のもっとシアリアスな仕事とまったく区別せずに、熱中して楽しみながら真剣にやっていたのを私はよく覚えている。録音現場やリハーサルの現場でのその雰囲気が、武満という音楽家を、そして人間を大変よく語っていると私は思う。ゲーテの言葉をもじって言えば、音楽的なものは何ひとつとして彼と無縁ではないのだ。その「音楽的なもの」のうちには、もちろん風の音も、都会の雑音も、そして演歌もポップスも含まれている。

『波の盆』(SJPL-83Y41)は私の愛聴盤のひとつだ。同名のテレビ・ドラマにつけた音楽だが、そのパッセージのいくつかは私にモーツァルトやヘンデルに等しい陶酔を与えてくれる。美しい旋律とオーケストレーションは、たとえば「ノヴェンバー・ステップス」に比べれば保守的であり通俗であるかもしれないが、もしかするとここにこそ本当の武満がいるのではないかと思わせるほどだ。このCDに収められた合唱曲にも、私は似たような感想をもつ。口笛やピアノで好きなメロディをひとりで楽しんでいる武満の表情が、ここには見え隠れしている。

これらが海外で若い聴衆からブーイングを受けた話を武満から聞いたことがある。その話をしたとき彼は笑っていた。前衛と保守、クラシックとポピュラー、いわゆる楽壇にはそんな差別がいまだに一種のスノビズムとして残っているのだろう。彼にはそんな差別はない。音楽は権威主義からもっとも遠く、歌う者にも聞く者にも生きる喜びをもたらすものだということを、彼は生まれながらにしてよく知っているからである。

〔「明日ハ晴レカナ、曇リカナ」Philips CD PHCP-S133 ライナーノート　1992〕

音楽を疑う必要

ロンドンからの帰りの飛行機の中で音楽を聞こうと思ったら、クラシックのチャンネルが武満徹特集だった。ギターに編曲されたビートルズの曲なども入っている比較的軽いものが主だったが、聞きたいという気持ちと聞きたくないという気持ちが同時に湧いた。聞きたいのはもちろん武満の曲だからだが、聞きたくないのも武満の曲だからだった。

ためしに聞いてみたがやっぱり聞けなかった。ジェットの騒音が邪魔になるのだ。これがモーツァルトやバッハなら、馴染《なじ》みのあるメロディをB・G・Mみたいに聞き流すことも出来るのだが、武満の曲の場合はそうはいかない。彼の音楽を聞くにはどうしても静けさが必要なのだ。メロディやリズムや和音、もちろん武満の音楽にもそれらは存在しているが、同時にそこには何かそれ以上のものがあって、それを聞き取るためにはそうとうな集中力が要る。

それを彼独特の繊細微妙な音のテクスチュアだと言うことも出来るかもしれないが、その言葉だけでは不十分だ。音楽というよりも音が、その源である静けさから直接に生まれてくる、耳をすまさなければ聞こえないような、作曲家の内心の声が聞こえてくる。五線紙に書かれているのではなく、まるでいま初めて白紙に書かれたかのような音符が、音となって立ち上がってくるその瞬間は極めてスリリングだ。

もちろん武満も西洋とそして日本を含むアジアの伝統を負っているし、彼が音楽を書き発表する場も制度のうちにある。だがそのような文脈では語り切れないものこそが、実は彼にとってもっとも切実なのではないかと思うことがある。彼の音楽は常に音楽以前のもの、あるいは音楽以上のものとかかわっていて、彼の音楽以外のもろもろに対する関心の深さにもそれは現れている。そのもろもろの中には映画や現代絵画、怪奇小説や推理小説など、文化のさまざまな分野に属するものもあるし、また夢や風景、一本の樹や水などの自然もあるが、それだけではない。

「俺の曲に拍手する聴衆のやつらを、機関銃でぶっ殺してやりたい」。

いつだったか武満は私にむかってそう言ったことがある。私にはそれはそう驚くべきことにも思えなかった。長年のつきあいの間に、私は彼のうちにひそむ一種の自己破壊の衝動にも気づいているからだ。若いころ彼はよく作曲をやめて佃煮屋《つくだにや》になりたいと言っていた。さすがにいまでは佃煮屋は諦《あきら》めたらしいが、自分の生涯を捧《ささ》げる音楽に対して、アンビバレントな発言をすることはいまでもよくある。

作曲を続けていくために、彼には音楽を疑うことが必要なのだ。それは批評とはちょっと違うと思う。音楽の制度、音楽の伝統の中から音楽を生み出すのではなく、原初の静けさから生まれる無垢《むく》な音を聞き取りたい、それが彼の音楽に対する基本的な渇望だろうと思う。その底にひそむものを、私はパッションという言葉で呼べるのではないかと思っている。

武満の音楽の中では、さまざまな感情がひしめき合っているが、そこにあるものは感情だけではない。彼の音楽を聞いていると、時々何かがまざまざと見えてくることがある。それは時には電子顕微鏡によってとらえられた物質の分子構造のようなものであり、また時には光速で移動してゆく宇宙船から見る銀河系の星々のようなものである。

それらはたとえばロマン派の音楽が聞き手のうちに喚起する西欧の自然のイメージ、深い森やそびえたつ山々とは明らかに違っている。肉眼ではとらえられない微視的なものとそれに相似する巨視的なもの、彼の音楽には現代科学がそのテクノロジーによって可能にした世界の認識に通ずる部分がある。聴覚と視覚のそのような同時代的な融合も彼の音楽の大きな特徴のひとつだろう。彼を音楽における幻視者と言ってもいい。

ところで日常の武満はこういういささか大袈裟《おおげさ》な書きようがおよそ似つかわしくない、かなりちゃらんぽらんな男である。満座の中で突然奥さんの浅香さんにむかって、「僕はもう一度生まれ変わっても君と結婚するよ」と叫ぶかと思えば、「浅香のおかげで俺は世の中に順応し過ぎた」と言ったりする。音楽と生身の彼とがどこでどうつながっているのか、これはモーツァルト以来私たちを悩ましてきた難問であるが、友人の私としては武満という人間の魅力が、時に彼の書く音楽や文章の魅力を上回ることがあったとしても、困ることはない。

〔波　1992・11〕

日常の白い壁

武満と話をしていて、何げなく発せられた一言が妙に心に残ることがある。数年前のことだが「アイデンティティなんて言葉、おれ大嫌いだよ」と彼が言って、それがいまだに気になっている。私自身がその言葉を何かにつけて口にしていたことへの反省もあったが、同時に武満はアイデンティティという言葉を必要としないほど、確固とした自分をもっているのだと私は感じた。

「武満さんの箱庭を見て」という一文の中で河合隼雄氏も書いておられる。「世界のほとんど中央に、安定しておかれた家、それが武満さんの［住家］であることは、すぐに推察された。相当にアイデンティティの確立している人、それに、おそらくは安定した家庭によっても支えられている人であろう」。一九八一年七月に河合さんの研究室で武満が作った箱庭は、『音楽の手帖・武満徹』（青土社刊）で写真を見ることが出来るが、素人目にも、それはほとんど武満の現実生活そのものの縮図のように見える。そこには彼の音楽に感じられるようなイマジナリなものが、まったくと言っていいほど見られない。

もうひとつ、同じ『音楽の手帖』で私と対談した時の武満の発言。

「ぼくは絵が好きで、自分が持っている絵というのは手ごろな、ぼくの場合は殊に現代絵画が好きだから、それほど骨董品《こっとうひん》的な価値があったりするわけじゃないけど。以前、作品の出版社の社長さんのサラベールさんの家に招ばれたときに、ルノワールとかドガとか、そういう真物《ほんもの》が壁にかかっているわけ。その中のドガの一点、もちろん踊子のね。油なんだけど、殆《ほと》んどモノクロームみたいな、すばらしいものなんだよ。どうしても欲しいと思ったね」

武満とは長年のつきあいだから、彼の作品だけでなく、その生活ぶりも私には身近だ。この夏も増築した御代田《みよた》の家へ遊びに行った。以前は居間だった部屋には長大な白木の食卓が置かれ、その隣に広い新しい居間が出来ていたが、そこには絵は一枚もかかっていない。住まいについては彼はたぶん奥さんの浅香さんにまかせっきりだと思うから、何もない大きな白い壁は、別に武満自身の趣味という訳ではないかもしれないが、その白い壁を見ていると、そこが武満の生活の場と創造の場の接点であるかのようにも思えた。

彼のイマジネーションは、彼の生活そのものから直接生まれてくるものではない。だが、イマジナリなものを生み出すいわば地として、彼には安定した生活が必要なのだと思う。彼自身はどうやらそうは思っていないふしがある。もっと無頼な生活が自分には向いていると信じているらしい。だが、私の目から見ると今の家庭、今の生活に彼が満足しているのはあきらかだ。

ドガは手に入らなかったが、武満はたしかジャスパー・ジョーンズをもっている。ドガとジャスパー・ジョーンズ、そのふたつの間の距離は意外に近いが、そこに生活者と創造者の微妙な二重性を見ることも出来ないではない。自分のうちなるイマジナリなものを描き出すために、彼には白いカンバスとしてのニュートラルな日々、煩わされることのないコンスタントな時間が必要なのではないか。それを彼はもしかすると自分の意識に反して、いつの間にかちゃんと手に入れている。

私にとっては彼自身の描いた絵や、いわゆる図形楽譜のどれにもまして、彼の音楽が絵画的に感じられる。古典音楽はリニアな時間に沿っていて、それは日常の時間と矛盾するものではなかったが、武満の音楽ではむしろ空間が支配的であるように感じられる。だがその空間にも時間は存在する。量子の不確定な時間、あるいは星雲の渦巻く時間。そこで時間と空間は重なろうとする。しかしそのような非日常的な時空を、きっと彼はいつも日常の白い壁の向こうに透視しているのだろう。

〔'For Eyes and Ears' パンフレット　1993・11〕

武満徹

「希望」に始まる

「ぼくはいかなる場合でもぼくの［希望］は捨てない」。武満が病床で書いた断片にこの一行があった。「ぼくの」という言葉はあとから補われている。初めて読んだときは、ただ「希望」と書くことと「ぼくの希望」と書くこととの違いに私は気づかなかった。「希望」を病からの回復への希望というふうに私はとっていた。だが今は武満が遺《のこ》した「ぼくの希望」という言葉には、もっともっと大きなひろがりがこめられていることが分かる。

「希望」は終わったかもしれない、だが「ぼくの希望」は決して終わることはない。「希望」は抽象に過ぎない、だが「ぼくの希望」は実体だ。武満はそう感じていたのではないか。ひとりの個人が、たとえどんなにささやかなものであれ希望をもつこと、それが人間全体の「希望」につながる。シニシズムなしでは口に出来なかった「希望」という言葉が、私のうちで理念としてではなく、ひとつの深い感情として甦《よみがえ》り始めているのを私は感じる。

「希望」とともに武満は東京オペラシティ・コンサートホールのために「祈り」と「平和」という言葉を選んだ。「祈り」も「平和」も単なるスローガンではない。「希望」と同じくそこには「ぼくの」という武満個人の刻印が隠されている。その刻印こそがこれらの言葉に新しい意味と力を与えるのだ。この三つの言葉がコンサートホールという目に見える場に重ねて、もうひとつの目に見えない場を作っていると私は思う。

目に見えぬその場を私たちは音楽によって、耳で聴きとることが出来る。そのとき三つの言葉は言葉をはるかに超えてひとつになり、私たちの過去と現在を未来につなぐだろう。音楽の与える感動とはそのようなものであること、そしてそれは個人の死によって終わるものではないことを武満はよく知っていた。

〔オペラシティ・パンフレット　1997・8〕

希望という言葉

武満徹

葬儀の帰り際にピーター・グリリが近寄ってきて言った。「谷川さん、長い間トオルのいい友人でいてくれてありがとう」。一瞬胸がつまってしどろもどろになった、私も同じことをあなたに言いたいと答えたつもりだったが、それが言葉になっていたかどうかおぼつかない。ピーターは北アメリカで武満の公私両面にわたる献身的な友人だった、いまもそうだ。

四十年あまりの年月、私が武満のいい友人だったかどうか自信はない。だが私にとって彼はひとりのすぐれた作曲家であるより先に、かけがえのない友人だった。彼の残したかずかずの美しい音楽すら、彼の死を償ってはくれないと私は感ずる。武満は彼の書いた譜面の上にはいない、彼の書いた本の中にもいない、いまはまだ彼はただ私の記憶のうちにだけ生きている。

＊

御代田の家の増築した広い居間の棚に、白木の水鳥の形をした物入れを発見して嬉《うれ》しかった。三十年前、彼が初めてここに家を買ったとき私が贈った安物だ。武満は物欲のない男だった、着るものにも、食べるものにも、住むところにも、こだわりがなかった。妻の浅香さんがいなかったら、ホームレスでいたって平気だったかもしれない。それはしかし生活を楽しまなかったということではない。浅香さんがととのえるものを彼はいつも喜んでいた、ごく僅《わず》かな例外を除いて。「この台所のロール・ブラインドのことを、これはどうもなあって言ってたのよ」と浅香さんが言った。花柄が規則的に並んでいるのが気に入らなかったらしい。あ、それはとても武満らしいと私は思う。彼の音楽も生活も決して規則にのっとってはいなかった。「遥かなる空に描く［自由］という字を」というのは彼が書いた歌詞の一節だが、武満は空に字なんか書く必要もないほど、自由だったと私は思う。

＊

一人でいるのは平気だったが、武満は賑《にぎ》やかなところもきらいではなかった。御代田にこもっていると、ときどき近くの小諸《こもろ》の街に飲みに行きたくなった。バーの女たちは一風変わったこの男はいったい何をしているのだろうと、不思議に思ったらしい。職業を問われてあてごらんと応じたら、カー・レーサーだろうと言われたとご機嫌だったことがある。だが現実には車の運転はしなかった。浅香さんも娘の真樹ちゃんも、カッとすることのある彼には心配で運転はさせられないと思っていたらしい。

だがカッとするところは真樹ちゃんにも遺伝している。真樹ちゃんが中学生だったころ、二人がものすごい言い合いを始めて、浅香さんが家中の刃物を隠して回ったことがあるそうだ。カッとする武満が私は好きだった、羨《うらや》ましかった。

＊

武満は好きな絵は仕事場には置かなかったそうだ。御代田に一人でこもって仕事をしているとき、浅香さんが週に一度世話をしに行くと、ときどきもう帰ってよと言われることがあったそうだ。だが作曲にとりかかるとき彼は、いつもまずバッハの「マタイ受難曲」の終結部の合唱を聴いた。病床で最後に聴いた音楽はその「マタイ受難曲」だった。そして最後に聞いた親しい者の言葉は、浅香さんの「じゃ、また明日ね」だった。

武満が浅香さんをなぐったのを、私はただ一度だけ目の前で見たことがある。彼が音楽をつけたある芝居を、浅香さんが私たち夫婦に同調して批判したのが理由だった。そのとき私はおろおろするばかりだったが、いまはそれが愛情からだったということがよく分かる、妻への、音楽への、そして生きることへの。

＊

一九五七年ころ、武満は鎌倉の佐助《さすけ》に住んでいた。よく遊びに行った。もっぱらポーカーをしていた。近くの銭洗い弁天でお札を洗った。二人ともまだ生活は楽ではなかったが、武満はそういう苦労をまったく感じさせなかった。一緒に食事をしてもいつも自分が払うと言ってきかなかったし、横須賀線の切符まで買ってくれるのだった。

そのころ書いた武満についての文章を、私はこんなふうに始めている。「彼は何をしてきたか？　彼は生きてきたのだ。誰のものでもない彼自身の生を。その二十七年間の毎日を」。ゆるやかでデリケートな変化はあったにしろ、私はいまもなお同じように言いたいのだ、ただ二十七年間を六十五年間と言い換えるだけで。

*

白い大きい五線譜の片隅
音は涌き始めていた
孑孑《ぼうふら》のように

かつて私は武満の書く譜面をそう描写した、そのソネットは次のように結ばれる。

白い大きい沈黙の片隅
音は涌き始めていた
星雲のように　遠く

机の上に鋭く几帳面《きちょうめん》に削られた鉛筆が何本も残っている。そばに真新しい鉛筆が一箱あるのに、削られた鉛筆はみなちびたものばかりだ。彼は五線紙も名入りのものなど作らなかったし、自作の譜面を保存することにも関心がなかった。

＊

「浅香さん、お茶いれて」と、普通の亭主のように武満は言っていたが、一人のときはなんの苦もなく自炊を楽しんでいた。「ラーメンなんかすごくおいしいのよ、いろんなもの入れて、でもおかしいのは一度に一人分しか作れないことなの、私と真樹がいると一人分ずつ別々に作ってくれるの」。私はラーメンは食べたことはないが、おみおつけは御馳走《ごちそう》になった。

入院中に見舞いに行ったら、絵入りのレシピを見せてくれた。みんな驚いた、ほとんどの人が食欲をなくす薬による治療を、彼も受けている最中だったからだ。見るからにうまそうなのもあったし、これはほんとに食えるのかなと思わせるものもあった。武満の生きる力は、もちろん日々の生活からも生まれるが、同時にイマジナリなものからも生まれるのだと、そのとき私は思った。

＊

希望という言葉を長い間私は忘れていた。そういう言葉を自分が口にすることさえ想像出来なかった。武満が入院中に書き残した断片の中に、「ぼくはいかなる場合でもぼくの［希望］は捨てない」という一節を発見したとき、私はほとんど狼狽《ろうばい》したと言っていい。だがだんだんにその言葉が私のうちで、まるで一粒の植物の種子のように芽を出し始めているのを私は感じる。武満、それは他の誰でもない君がそう書いたからなんだ。君はいま、生きていたときよりももっと強く、もっと深くぼくを励ましてくれる。

〔芸術新潮　1996・6〕

「MI・YO・TA」のこと

武 満 徹

昨年二月武満徹の葬儀のおり、黛《まゆずみ》敏郎《としろう》さんは弔辞の終わりにひとつのメロディを繰り返し口ずさみました。そのメロディは黛さんの言葉によると、「或るメロドラマの悲恋のシーンにつけられたBG音楽なのですが、余りに素晴らしいので映画に使うのが勿体なくて、ひそかに私が使わずにとっておいたものです」。その音楽とは黛さんのアシスタントをしていたまだ二十代の武満が書いたものでした。

やがてそのメロディに言葉をつけることになって、黛さん手書きの楽譜のコピーが届きました。僅か九小節の短いメロディと「武満さん、さようなら」という文字。添えられたカセットを何度も聞いているうちに、目の前に武満の姿が浮かんできました。彼は雑木林の木もれ陽の中をこっちに向かって歩いて来ます。場所は長野県御代田にある彼の家。

東京のマンションよりその御代田の家のほうが、武満にとっては「ホーム」に近かったのではないかと思います。彼はそこで私を含めた友達の誰彼と酒を飲みながら馬鹿話をしました、奥さんの浅香さんと他愛のない口喧嘩《くちげんか》をしました、娘の真樹ちゃんとトンボを追いかけました、そしてひとりこもって作曲しました、三十年余りのあいだ……そのすべてが彼にとっては生きる歓《よろこ》びでした。

こっちに向かって歩いて来る武満は沈黙したままでしたが、同時にいろんなことを話しかけてくれました。私たちには無数の思い出がありましたから、そして彼は自分を音楽にして残してくれましたから。私が感傷的になっても武満は許してくれるだろう、気持ちにふさわしい言葉をもどかしく探し求めながら、私はそう思っていました。

武満がほんとうに楽しんで作ったCD「翼」の歌い手、石川セリさんが歌ってくれることになりました。録音スタジオにはチェロの藤原真理さん、ヴィオラの豊嶋泰嗣《とよしまやすし》さんはじめそうそうたるメンバーが集いました。セリさんが歌い終えたあとも服部隆之《はっとりたかゆき》さんの編曲による美しい旋律が、まるで名残を惜しむかのようにいつまでも響いていたことを忘れられません。

今年三月、武満徹を偲《しの》ぶ集まりで、出来上がったばかりのCDを来て下さった皆さんにお渡しすることが出来ました。私は黛さんがおられなかったらこの曲は永久に虚空に消え去っていたかもしれぬことを思い、出席された黛さんに心からの感謝の気持ちを伝えました。その黛さんが、ふた月もたたぬうちに亡くなられようとは思いもかけませんでした。

ひとつの歌が世に出るまでのいきさつなど私的なことに過ぎないのですが、この歌に限っては私には私的なことこそが何よりも大切に思えてなりません。

〔GOLD　1997〕

飾り気のない自画像

武満徹

初めて会ったとき、武満は病院のベッドにいた。半世紀近い昔のことだ。私たちは急速に親しくなったが、いつも浅香さんは彼の健康を気遣っていた。しかし私の家へ遊びに来たときに小喀血《かっけつ》をしたことはあったが、当時の武満は青白い病人というふうには見えなかった。だから私もそのときのことを、平気で文章に書けたのだと思う。「——

私の今住んでいる家の便所の前に、一本の若い山桜がある。私は桜の花をそれ程好きではないのだが、この山桜は、白い花と若葉がいかにも可愛らしく豊かにさわやかだ。数日前、丁度満開の日に、遊びに来ていた友人が、その下で一寸咳きこんだと思ったら、足元の地面に、そこだけひどく不調和な赤い斑点が散った。彼はそういうことには慣れているので、別にあわてもせず、少々ゆううつ気な顔で帰って行ったのだが、その時、私の中の春が始めて生きて動いたように私は感じた」。友人とはもちろん武満のことだ。

数年後、ある日突然武満が「詩人の春」と題した短文のこの箇所を話題にした。「ばあっと涙が出て来てさ」。たしかそう言ったと思う。そのときの彼の気持ちを私は、そしてもしかすると彼自身もほんとうには理解していなかったかもしれない。だが、その反応は私の心の奥深く残った。死と隣り合わせでいることで深まる生の感覚を、武満はつかんでいたに違いない。そういう武満はたとえ身体が病に冒されていたとしても、「健康」だった。彼の音楽にもそれを聞きとることが出来ると思う。人の尺度を超えた巨視と微視の織りなすテクスチェア、個の意識を超える時の流れのような旋律と精妙なリズム、生の尽きるところにある静けさ＝死ではなく、その絶えざる一部である静けさ。

武満が虎の門に入院したと聞いても、私はあまり心配しなかった。それまでの武満が、若いころの病気などなかったかのように、常人以上に活気に満ちた生活を送り、精力的に仕事をし続けていたのをよく知っていたから。見舞いに行ってベッドの上の彼に会っても、彼の内部にひそむ強靭《きょうじん》な「健康」が武満を病人に見せなかった。食事をぺろりと平らげ、おまけに抗癌剤を投与されながら絵入りのレシピまで書いているのだから、しょっちゅう体温計を気にするのをかげで笑っていたくらいだ。私たちは当たり前のように退院後を、つまり未来を話し合っていた。一緒にまた歌を書こうとか、もしサンタフェに行くのなら私が運転手をするからとか、病気のおかげで武満が少し暇になったのが私は嬉《うれ》しかった。若いころのようにしばしば会って馬鹿話をしたりポーカーをしたりする生活が、また戻ってくるかもしれないと楽しみにしていた。だが、この日記を読み返すと自分のそんな期待がずいぶん手前勝手だったことが分かる。武満の内心も身体も当然だがもっと揺れていた。

六月十三日の日記にある「耐えなければ　耐えなければ」という言葉に胸をつかれた。公的な文章を書くときの少々かまえた武満とも、音楽に現れた天才としか言いようのないタケミツとも違う武満がそこにはいた。長い間の友人だから、彼の私的な面もよく知っているつもりでいたが、この烈しい肉声には、私の知っている以上の武満がいた。あせりや苛立《いらだ》ちを抑えきれず、浅香さんや真樹ちゃんにあたり、すぐにそれを反省し、ほとんど他人行儀と思えるほどに日記の中で妻と娘に詫《わ》び、感謝する彼、僅《わず》かな体重の増減を毎日気にしている彼、友人の見舞いや気遣いを喜びお礼の「言葉がない」と書く彼、タイガースの勝敗に自分の病気の行方を賭《か》ける彼。今まで誰も描いたことのないポートレートを、武満は自分自身で描いてくれた。なんという飾り気のない自画像だろう。

「昨夜、おぼろ気に夢の中で、病院での思考の歪みについてきわめて明快な論旨を得たようだったのが、今朝はすっかり忘れている」

「こゝに記した病院での想念は、きっと、ふだんの生活に戻ってみれば、変なものだろう。飯を喰うにもたえず何か意識させられるし、何でもない排便や小用までが重大なことに感じられて不自然このうえない。普通であることはたぶん一瞬もなかった」と武満は書いているが、そこには自己憐憫《れんびん》のかけらもない。どんなに体調が悪いときも彼は考えること、感じることをやめなかった。絶えず仕事を思っているし、ときには「もはや対岸の火ではない／対癌の日のはじまり」「顔が月のようにふくらむのはいやだ。美医識が必要」などと得意の語呂《ごろ》合わせも出る。

初めて会ったときも、最後に会ったときも武満は病院のベッドの上だったが、彼の内なる「健康」は、身体の病によっても損なわれることはなかった。それがこの日記を明るく豊かなものにしている。立ち去った後も、武満は私たちとともにいると感じさせてくれる。「明日の朝はもうこれを書くまい。／晴れてくれればいいが」と日記は結ばれているが、この二行は彼の音楽のコーダのように美しく響く。彼はまたこうも書き残してくれているのだ。「「希望」は持ちこたえていくことで実体を無限に確実なものにし、終わりはない」。武満の生のレシピに、「希望」と「歓び」の深い味わいを欠かすことは出来ない。

〔『サイレント・ガーデン——滞院報告・キャロティンの祭典』はしがき　1999・10〕

あとがき

この本の中のもっとも古い文章は一九八五年に書かれていて、そのころ私はまだ原稿を手書きで書いていた。それがいつの間にかワープロへそしてパソコンになり、タッチタイピングも覚えぬまま、言葉をキーで入力している。詩や文章を読み返してみても、どのあたりから手書きをやめたのかははっきりしない。以前より構えずに、ものを書けるようになったようだが、それは筆記の習慣の変化よりも、私自身の変化によるのではないかと思う。

だが、相変わらず長い文章を書くのは苦手だ。本も読みたい本、そのとき自分にとって必要な本しか読まなくなった。年をとっていくにつれて、削ることが大事になってくる。インターネットをぶらぶらしていて、思わず時間を忘れてしまうこともあるが、いわゆる情報はその量が苦痛だから、必要最小限にとどめておきたいし、マスメディアよりももっと小さいメディアのほうに関心が移ってきている。じかに顔が見えるつきあいから得るものを、大切にしたい。

この十五年の間に、ずいぶん多くの友人、知人を失った。彼らのことを繰り返し思い起こすことが、新しい人たちに会うのにもましていまの私を励ましてくれる。記憶は削ることが出来ないが、それは情報とは違うから苦痛ではない。

二〇〇二年一月

谷川俊太郎

文庫版へのあとがき

自分の書いたものはあまり読み返さない。退屈することが多いからだ。でもときどき我ながらいいこと書いているなあと思うことがある。書いているときはそうは思っていない。こんなことはとっくに誰かが書いていたなあとか、こんなの誰もが口にする決まり文句じゃないかとか、もっと優雅な書き方があるはずなのにとか、心の中で自分に文句のつけ通しなのだ。だから自分で自分に感心する箇所は、なんだか自分が書いたような気がしない。

私はもともと無口な人間なのだ。人前でお喋《しゃべ》りする機会が多いから、そうは思われていないらしいが、例えば座談会に出てもいつのまにか聞き役にまわっているし、酒の席などでも何か訊《き》かれないかぎり自分からは喋らない。文章を注文されたときも同じで、字数は少なければ少ないほどありがたい。だから私は他人の書いた本のオビ（これは文章と言うより詩に近い）を考えるのは得意だ。

喋らずにいられない、書かずにいられないという渇望が欠けているのは、私が一人っ子に生まれて、幸運にもあまり人と競争せずに生きてこられたからだろうか。他者の期待に応ずることが私の自己主張、自己表現になっているらしいのは、この本を読んでいただいても分かるかと思う。

二〇〇六年十一月

谷川俊太郎

解説「詩の秘密の在処《ありか》」

穂村　弘

谷川俊太郎さんのエッセイや散文を自然に楽しむことができない。それぞれの文章のテーマが何であるかに拘《かか》わらず、妙にわくわくして、変に緊張してしまう。そこに彼の能力の秘密が書かれているかもしれない、と期待するからだ。

彼の能力とは、「詩の最初の一行か、少なくとも数行のうちに、老若男女の幅広い読み手の気持ちを等しく摑《つか》み、誰ひとり脱落させることとなく最後の一行まで連れて行って、読み終わったあとに、凄《すご》いなあ、目の前の世界が違ってみえる、と全員に感じさせる」というものだ。

一度でも詩を書いてみたことのあるひとならわかるだろう。これは人間業とは思えない。もしも谷川さんがいなければ、現代の日本ではそんなことは不可能ではないか、と疑ってしまうところだ。

だが、谷川俊太郎は実在する。他の誰にもできなくても、彼だけはこの離れ業を何十年にもわたって何度も繰り返してきた。おかげで私たちは、それが夢ではないことを知っている。

でも、何故そんなことができるのかはわからない。現にその力が発揮された結果（つまり谷川さんの詩）をいくら眺めてもわからない。それを読み終わって思うのは、ただ、凄いなあ、目の前の世界が違ってみえる……、はっと気づいて、ふるふるとあたまを振る。いかん、これじゃ、みんなと同じ、いつもと同じだ。そうじゃなくて、もっと冷静に秘密を探らなくては。

詩は現物であり過ぎて逆にわからないのかもしれない。モーツァルトの音楽をいくらきいても、何故そんなものが生まれたのかは絶対にわからないではないか。

でも散文なら、と思う。詩とは異なる原理で書かれた散文を読むことで、逆に詩の秘密が何かわかるんじゃないか。谷川さんの文章に向かうとき、私はそういう邪念を抑えることができないのだ。

ところが、本書を実際に読んでみて驚いた。

私の邪念に応《こた》えてくれるような文章が次々にみつかるではないか。

「書くこと」「なぜ『詩』を選ぶか」「声としての詩」「風穴をあける」など、詩の秘密に関わるようなテーマが多いのだ。考えてみれば当然なのかもしれない。私が知りたいようなことは、みんなだって訊《き》きたいに決まっている。谷川さんのところには、日本中からそういう原稿依頼が集まってくるのだ。

例えばそこに、「詩はもっと無責任なものだ、それは基本的にアノニムであっていい、個よりももっと広く深い世界に詩は属している」とある。お、秘密の一端が、とその言葉の横に線を引きながら、でも、と思う。これは事実としても、詩の泉に素手で触れ、口をつけることができるのは選ばれた「個」ではないか。それはどうして、どうやって？

谷川さん自身もその理由を知りたいとさえ思っているようだ。そして、明晰《めいせき》で率直な語り口の散文はそのためのツールとしても意識されている。

意味を正確に伝達するだけなら詩は散文にかなわない、メロディやリズムということになると詩は音楽にかなわない、イメージのもつ情報量を比べれば詩は映像にかなわない。

でも詩にはそのすべてを総合できる強みがある。それはやはり言葉のもつ力だね。実際には存在しないものを幻のように出現させる力、心のもっとも深いところを揺り動かすことのできる力。そういう言葉はぼくの考えでは、意識からは出てこない、理詰めでは出てこない、言葉のない世界、人間の意識下の世界から出てくる。

このような文章はとてもわかりやすく、散文的な論理に従っているようにみえる。でもよく読むと微《かす》かな違和感を覚える。「総合できる強み」＝「言葉のもつ力」と云いつつ、その説明が「実際には存在しないものを幻のように出現させる力、心のもっとも深いところを揺り動かすことのできる力」となっている。これらは確かに詩の「言葉のもつ力」だろうけど、でも必ずしも固有のものではない。「散文」や「音楽」や「映像」にだって同じ力はあるんじゃないか。これは「でも詩にはそのすべてを総合できる強みがある」から展開した流れを完全に受けきった説明とは云えないだろう。「総合できる強み」の本質が充分に語られないまま、話がシフトしている。私はその秘密こそが知りたいのに。

ポイントは「それはやはり言葉のもつ力だね」という一文だと思う。この微妙な口調の変化をきっかけとして、散文的な論理を超えたニュアンスが生まれている。文章自体が「理詰めでは出てこない」領域に流れ込んでいるようなのだ。私が忍者なら、この一文を目にした瞬間に「いかん！」と叫んで自分の太股《ふともも》に短刀を突き立てるところだ。そうしないと、詩の術中におちてしまう。

いや、勿論《もちろん》、谷川さん本人には術をかけるつもりは全くないのだ。だって、これは詩じゃなくて散文なんだから。詩的な力をなるべく抑制して散文の論理に丁寧に従おうとしているのがわかる。それにも拘わらず、この文章全体を読んだときの、老若男女の誰ひとり逃がさないような運びの完璧さは紛れもない。

たぶん言葉の流れのなかで自然にそうなってしまうのだろう。「かなわない」「力」「出てこない」の繰り返しが生み出すリズム。散文の肉と皮を破って今にも凶暴な詩が飛び出してきそうな波動。なんてことだ。もしこれが本当に詩だったら（？）と思って、ぞっとする。

本書の後半の様々な「人」についての文章では、この力はさらに増している。

永瀬さんは筆まめだった。よく手紙をいただいた。書いてあるのはいつも自分のことばかり、永瀬さんは懸命に自分を生きていた。女だから男よりももっと懸命に自分を生きなければならなかった。そのしぶきが他人にふりかかることもあったろう。だがその懸命な生きかたこそが、永瀬さんの書く言葉を詩に変えた。魔法のように見えるかもしれないが、それは魔法ではない。

先の引用に比べてこちらは論理的な流れを通すための文章ではない。そのために詩的な力はさらに強まっている。忍者ポイントな一文は「そのしぶきが他人にふりかかることもあったろう」だ。こう書かれた瞬間に、比喩《ひゆ》に過ぎない筈《はず》の「しぶき」がありありと目に映るようで怖《おそ》ろしい。これを読んでしまうと、私にはもはや「永瀬さん」がそういうひととしか思えなくなる。
そして最後の「武満徹」のパートには、とうとう本物の（？）詩が現れる。全開にされたその力を浴びる。

白い大きい五線譜の片隅
音は涌き始めていた
孑孑《ぼうふら》のように

凄い。音の生まれる瞬間を完璧に捉《とら》えている。「孑孑」は音符の見立てであると同時に生命体としての音を表している。いや、しかし、どんなに凄くても人間の言葉である以上「完璧」な筈はない。これは優れた言語感覚と深い友情と反人間的な非情さによって作り出された強力な幻なのだ。でも……

かつて私は武満の書く譜面をそう描写した、そのソネットは次のように結ばれる。

白い大きい沈黙の片隅
音は涌き始めていた
星雲のように　遠く

「孑孑」と「星雲」の距離の遥《はる》かさに気が遠くなる。でも、音符という「孑孑」の背後には確かに「星雲」が渦巻いている。ふたつは臍《へそ》の緒で繋《つな》がっている。これを読んでしまうと、そうとしか思えない。言葉の生み出すイメージに、どうしても抗《あらが》えない。太股に短刀をぐさぐさ突き立てても、もう夢は覚めない。ああああ、凄《すご》いなあ、目の前の世界が違ってみえる。

本書は、株式会社ＫＡＤＯＫＡＷＡのご厚意により、角川文庫『風穴をあける』を底本といたしました。

谷川俊太郎（たにかわ　しゅんたろう）

1931年東京生まれ。詩人。52年処女詩集『二十億光年の孤独』を刊行、高い評価を得る。詩集『日々の地図』で読売文学賞、翻訳『マザー・グースのうた』で日本翻訳文化賞を受賞。詩人としての活動のほか、スヌーピーでおなじみの『Peanuts』などの翻訳、脚本、映画、写真、ビデオ、ワークショップなど、幅広い分野で活躍。音楽家である長男・賢作氏との、朗読と音楽のコラボレーション企画も精力的に行っている。

風穴をあける
（大活字本シリーズ）

2021年11月20日発行（限定部数700部）
底　本　角川文庫『風穴をあける』
定　価　（本体3,300円＋税）
著　者　谷川俊太郎
発行者　並木　則康
発行所　社会福祉法人　埼玉福祉会
埼玉県新座市堀ノ内3—7—31　〒352—0023
電話　048—481—2181
振替　00160—3—24404
印刷製本所　社会福祉法人　埼玉福祉会　印刷事業部

ISBN 978-4-86596-483-7